目 录

夏 天

草莽集

石门集

永言集

夏

天

自　序

　　朱湘优游的生活既终，奋斗的生活开始，乃检两年半来所作诗，选之，存可半数，得二十六首，印一小册子，命名《夏天》，取青春期已过，入了成人期的意思。我的诗，你们去罢！站得住自然的风雨，你们就生存；站不住，死了也罢。

一九二四年九月十六日

　　《春》中有几处是照闻君一多的指示改正的，附谢。

死

隐约高堂，

惨淡灵床；

灯光一暗一亮，

想着辉煌的已往。

　油没了，

　　灯一闪，熄了。

蜿蜒一线白烟

从黑暗中腾上。

废　园

有风时白杨萧萧着，
无风时白杨萧萧着；
萧萧外更听不到什么。

野花悄悄地发了，
野花悄悄地谢了；
悄悄外园里更没什么。

迟　耕

蓑衣斗篷放在田坎上，
——柳花飞了！
"牛，乖乖地让我安上犁，
你好吃肥肥的稻秸。"

她埋在屋后罢：
她的阴魂也安稳些；
宝宝们怎么？……
"牛，用力拖呵。"

颈子后面冰冷的，
——并不是汗？——
田那头走近好大一团乌云。
披起蓑衣，戴上斗篷罢。

"牛呵，快犁！

那不是秧鸡的声音?"

春

画师的

一夜里春神轻拂雨丝的毛笔，

将大地染成了一片绿绢，

绢上画了一幅彩画；

海，伊的笔洗，也被伊搅起绿波了。

农人的

秧田边一阵田鸡叫，

小二倒骑着水牛

高唱着秧歌的回来了。

乐师的

蜜蜂喁喁将心事诉了，

久吻着含笑无言的桃花；

春风偷过茅篱

窸窣的，蜜蜂嗡的惊起了。

恋人的

你的眼珠是我的碧海，

你的双靥是我的蔷薇，

你的笑声是我的鸟鸣。

我的蔷薇呵，

生在我的心地上：

我的心地上是不老的青春！

　弃妇的

春来了，

——但他却没来，

微雨阴阴，

这正是他踏落花西去之后。

小河，你活活的说些什么？

你是从他那里来的？

　囚犯的

绿草没来这里，怕伤他的心。

屋里漆黑：他的日头已经落了。

　老人的

好暖的阳光！

他慢腾腾地挪出了个小杌子。

皱脸上添些笑纹，

他看着河里两个泥水满脸的孩子：

他的春天回来了。

　孤女的

　　林蕙的新衣真绿的可爱呵！

　　我也去掐片绿草罢。

　　　诗人的

　　素娥深居于水晶宫内；

　　　浓柳荫关不住夜莺赞颂的歌声，

　　　　紫地丁梨树俯首默祷的影子落在黄色新茵上，

　　　　长的短的。

　　看哪！那耀眼的不是月泪？

　　明日里这些泪珠，一粒里将长出一朵鲜花，

　　枝呵，茎呵，你们真有福分！

　　　就是柳荫下朦胧小草，他们也看见一团团银波

　　　相招，要引他们到彼岸，在那里白雾的垂帷后

　　　安息。

小　河

白云是我的家乡，
松盖是我的房檐，
父母，在地下，我与兄姊
并流入辽远的平原。

我流过宽白的沙滩，
过竹桥有肩锄的农人，
我流过俯岩的下面，
他听我弹幽涧的石琴。

有时我流的很慢，
那时我明镜不殊，
轻舟是桃色的游云，
舟子是披蓑的小鱼。

有时我流的很快，
那时我高兴的低歌，
人听到我走珠的吟声，
人看见我起伏的胸波。

烈日下我不怕燥热：
我头上是柳荫的青帷；
旷野里我不愁寂寞：
我耳边是黄莺的歌吹。

我掀开雾织的白被，
我披起红縠的衣裳，
有时过一息轻风，
纱衣玳帘般闪光。

我有时梦里上天，
伴着月姊的寂寥；
伊有水晶般素心，
吸我腾沸的爱潮。

草妹低下头微语：
"风姊送珠衣来了。"
两岸上林语花吟，

赞我衣服的美好。

为什么苇姊矮了？
伊低身告诉我春归。
有什么我可以报答？
赠伊件嫩绿的新衣。

长柳丝轻扇荷风，
绿纱下我卧看云天：
蓝澄澄海里无波，
徐飘过突兀的冰山。

西风里燕哥匆别，
来生约止不住柳姊的凋丧。
剩疏疏几根灰发，
——云鬓？我替伊送去了南方。

我流过四季，累了，
我的好友们又都已凋残，
慈爱的地母怜我，
伊怀里我拥白絮安眠。

黑夜纳凉

可惜我不是少女，

辜负了轻风花香织成的面纱。

小 河 （又一章）

海是我的母亲，

我向伊的怀里流去。

一日，

伊将抱着我倦了的身子，

摇着，

哼着催睡的歌儿；

我的灵魂将化为轻云，

飘飘的腾入空际，

——而又变形的落到地上，

被伊的爱力吸落到地上了。

阴阴春雨中

远处的泉声活活了。

忆西戍

赤的夕阳映秋梧之尖，

梧下城阴隐着凄零的小屋，

争枝的鸦啼倦的低下去了，

窗里织机单调而困倦的响着。

宁静的夏晚

黑树影静立在灰色晚天的前面，
哑哑争枝的鸟啼已经倦的低下去了。
炊烟炉香似的笔直升入空际，
远田边农夫的黑影扛着锄头回来了。

这时候诗人虔诚的走到郊外，
来接受静默赐给他的诗思；
伊们是些跳动的珠形小白环，
他慢慢地将伊们绣在晚天的黑色薄纱上了。

等了许久的春天

我仿佛坐在一只船上，

摇过了灰白单调的荒岸，

现在淌入一片鸟语花香的境地；

我的船仿佛并未前进，

只看见两行绿柳伸过来，

一霎时将我抱进了伊的怀里。

北地早春雨霁

太阳只是灰云上一个白盘罢了，

他的光明却浸透了清朗的空中，

反映在地上雨水凹的上面。

黑干赭条的柳树安闲地立着，

仿佛等候着什么似的。

远近四处听到无数争喧的鸟声，

河水也活活起来了。

寄一多基相

我是一个惫怠的游人，
蹒跚于旷漠之原中，
我形影孤单，挣扎前进，
伴我的有秋暮的悲风。

你们的心是一间茅屋，
小窗中射出友谊的红光；
我的灵魂呵，火边歇下罢，
这正是你长眠的地方。

回　忆

纸窗下恬静的油灯，
室腰明，顶作圆形；
灯罩边仰首青年
神游于圆影的中心。

饽饽的要呼远闻；
上房中假哭着阿鲲；
晚饭菜厨下炒着，
好一片有望的声音。

——那时间无虑无忧，
如今呵变了逃囚。
但仍亮你的，油灯，
你的圆仍可神游。

寄思潜

去冬因叔辅的绍介而与高君思潜结神交。君字伯陶，安徽和县人。君家世以文名，县志即君祖所修。君满岁而能屡随家人之问指"高、下"两字而不讹。十二而诗文甲一县。十四就馆芜湖，以赡家用。旋为境遇所迫，弃文业医，而医术亦精。今年二十六，遗叔辅书云，他的叔祖及诸伯叔皆工文而早夭，他自料也不久于人间了；并且他自己已发现肺痨之首期症候，益觉灰心。我们并没见过面，但闻叔辅说，君才气焕发，而言讷讷若不能出诸口，不觉联想到我国古代的文人；并且君之矢志亦与前人相印合：慨然久之。君新旧诗虽不多见，然天赋之资自有逆遇所不可掩者。且君未尝习于学校，而思想每得风气之先，尤为难能。君致叔辅书，备极萧瑟，故作此慰之，并以相勉。君之乡人以君家文人早达而又早卒，恰如月之易圆易缺，乃相传君家茔地为"月亮地"，故诗中云云。

你天上月钩中生长大的神童，
你逐渐走近辉煌的望日之诗翁，
因为铜臭的蟾蜍想将你吞下，
以致忘记了你乃稳擎于慈母之掌中。

母亲慈鸟般用暖翼将你覆起，
使冰血的雪不致落入你赤子的心里；
你只要听听，我这三岁失母的雁雏之哀鸣，
你就更当觉得你有母亲的欢喜。

不过：我年幼时曾居于画图的中间，
那时总不相信大家对于江南的赞言，
如今居北，才感到那些语言的滋味：
母亲的有无也与这审美的道理一般。

并且，咽喉被病魔掐住的诗人，
内困于痛苦，不暇赏鉴窗外的白云；
同样，怫郁的环境将你的乐趣夺去，
而你在母亲的慈爱中只暇感觉到苦辛。

你英雄般肩担家务于十四的年华，
有如少年时代的秦武将宝鼎高拿；
可怜你将家人国人救活的华佗

竟救不了自己因医人而得的刑罚!

为什么日月为两目的天公这样昏蒙?
为什么有望的志士终潦倒于困穷,
光阴耗于谋生上,壮志黑铁般生锈;
而傀儡般的庸人反居于富丽的深宫?

虽说是天降穷乏以炼将肩大任的英豪,
为什么远谪的贾傅终未伸他的怀抱?
为什么身负百创足经万里的李广,
只博得匈奴人赠他的将军之名号?

要说是他有意的造出这颠倒的人生,
鸦雀高翔而凤凰卑伏,那他便是不仁!
要说是他无意的造出这翻覆的世界,
黄钟见弃而瓦釜上列,那他便是不明!

虽然如此,他到底只许贫士入他的楼阁,
想象便是他颁赐的启他瑶宫的管钥;
他们遗下些诗文,有如玄奘的西行纪程,
指引虔诚的善士入极乐的佛国。

思潜,古代弱水西曾有一个诗人,

济慈，也是一个看出自己痨病的医生！
他将一片赤心研成炉香的细末，
燃之于神像前的炉中以供九位的美神。

济慈诗中所歌咏的诚然都罩上了苦辛，
但月亮映日光般快乐须映悲哀而始明，
未受悲哀洗礼的快乐有如饧食之悦口而易厌，
远不如受过悲哀洗礼的快乐之仿佛苦茗的回馨。

济慈的诗不死，身子早死了有何轻重？
百年来知道湮灭了多少富寿的凡庸！
虽说高寿的才子也有七月识知无的乐天，
但香山所以不朽，不是因寿高而是因诗工。

思潜，你是一条困于浅沼的雏龙，
一颗骊珠闪耀于头角峥嵘的额中，
将来有一天雷雨喧呼着下来迎你，
你将奋身跨上紫电的长桥而腾空。

笼鸟歌

我久废的羽翼复感到晨飓，
五彩的朝云在我身边后驰；
万里长空都是供我飞的，
崇高的情绪泛溢了我的心池。

南 归

答赠恩沱了一三友

我是一只孤独的雁雏,
朔方冰雪中我冻的垂死;
忽然一晨亮起友情的春阳,
将我已冷的赤心又复暖起。

我的双翼回温而有力,
仿佛雪中人入了炭盆的室中;
已毙的印象复活于眼前,
又如走马灯上的人物憧憧。

我还不乘此奋飞而南,
飞回我梦中不敢思念的家乡?
虽说早春还有吼空的刀风,
那痛快之死不比这郁结之生远强?

夏　天

许久朋友们一片好意，
他们劝我复进玉琢的笼门，
他们说带我去见济慈的莺儿，
以纠正我尚未成调的歌声。

殊不知我只是东方一只小鸟，
我只想见荷花荫里的鸳鸯，
我只想闻泰岳松间的白鹤，
我只想听九华山上的凤凰。

北地的玄冰吸尽我的热力，
我更无力量去大气里遨游，
在江南我虽或仍无奋飞的羽毛，
江南本身就是一片如梦的温柔。

江南的山鲜艳如出浴的美人，
这里的永远披着灰土的旧衣；
江南的水仿佛高笑的群儿，
这里的只是一个羸童寂寞的独嬉。

江南夏日有楼荫下莫愁湖荷，
一足的白鹭立于柳岸的平沙，
蝉声渡过湖水，声音柔了：

归去罢！江南正是我的故家。

江南秋天有遮檐的桂树，
争蜜的蜂声仍噪于黄花之丛间；
江南冬季有浮于溪面的梅馨：
归去罢！江南正是我的故园。

和暖的春阳在江南留恋，
有如含情之倩女莲步舒徐；
伊在这里迫于狂徒般匆匆归去：
随了伊归去罢！江南正是我的故居。

岁月流的真快，转瞬又到炎夏，
归去同游罢！艺术的燕燕，
归去同游罢！雏鹰与慈鸟：
这地方不可久恋……

春　鸟

啼春之鸟，
我不知你是何名；
阴低云内，
你啼声远近俱闻。

我想起家乡，
微雨中地地栽秧；
你啼天上，
秧歌音跟你悠扬。

早 晨

早晨：

黄金路上的丈长人影。

雪

1

异于雨的凄急，

雪蓬勃而闲散地飘下。

2

万朵的绣球，

悬在高松之上。

3

一抹白云：

是天际的雪山。

我的心

我的心是一只酒杯，

快乐之美酒稀见于杯中；

那么斟罢，悲哀的苦茗，

有你时终胜于虚空！

快 乐

晚空的云

自金黄转到深紫;

似欲再转,

不提防黑暗吞起。

鸟辞林

鸟辞林，

虚悄的林；

乐离心，

寂寥呵我的心。

覆舟人

像漂上了岸的覆舟人，

　　脚下的平坡

　　犹疑作动荡之波：

不安呵，乍得新伴的灵魂。

霁雪春阳颂

甲子开岁二日，得雪，雪晴赋此

雪的尸布将过去掩藏，

现在天东升上了朝阳，

看哪！黄金染遍了千家白屋顶上！

瑶林里百鸟欢唱，

听哪！万里内迎神的鞭炮齐扬！

爆　竹

见子惠同题作

跳上高云，
惊人的一鸣；
落下尸骨，
羽化了灵魂。

鹅

右军写经将你唤了来，
是爱你只吃草蔬；
是爱你身披绢素，
头脚上还点抹着红朱；
他更爱你灵活而遒劲之颈，
与他的笔无殊。

十三，八。

草莽集

序 诗

光明的一生

我与光明一同到人间，

光明去了时我也闭眼：

光明常照在我的身边。

太阳升上时我已起床，

我跟它落进睡眠的浪：

太阳照我在生动中央。

圆月在夜里窥于窗隙，

缺月映着坟上草迷离：

月光照我一生的休息。

十五，三，二九。

热　情

忽然卷起了热情的风飙，
鞭挞着心海的波浪，鲸鲲；
如电的眼光直射进玄古；
更有雷霆作嗓，叫入无垠。

我们问，为什么星宿万千，
能够亘古周行，不相妨碍？
吸力，是吸力把它们牵住——
吸力中最强的岂非恋爱？

这无爱的地球罪已深重，
除去毁灭之外没有良方。
我们把它一脚踢碎之后，
展开双翼在大气内翱翔。

我们的热情消融去冰冻，
苏醒转月宫的白兔，桂花，
我们绑起斫情根的吴刚，
一把扔去填天狼的齿牙。

我们发出流星的白羽箭，
射死丑的蟾蜍，恶的天狗。
我们挥彗星的筅帚扫除，
拿南箕撮去一切的污朽。

我们把九个太阳都挂起，
一个正中，八个照亮八方：
我们要世间不再有寒冷，
我们要一切的黑暗重光。

我们拿北斗酌天河的水，
来庆贺我们自己的成功。
在河水酌饮完了的时候，
牛郎同织女便永远相逢。

欢乐在我们的内心爆裂，
把我们炸成了一片轻尘，
看哪，像灿烂的陨星洒下，

半空中弥漫有花雨缤纷！

十四，八，二四。

答　梦

我为什么还不能放下？
因为我现在漂流海中，
你的情好像一粒明星
垂顾我于澄静的天空，
　吸起我下沉的失望，
　令我能勇敢的前向。

我为什么还不能放下？
是你自家留下了爱情，
他趁我不自知的梦里
顽童一样搬演起戏文——
　我真愿长久在梦中，
　好同你长久的相逢！

我为什么还不能放下？

我们没有撒手的辰光：

好像波圈越摇曳越大，

虽然堤岸能加以阻防，

　湖边柳仍然起微颤，

　并且拂柔条吻水面。

情随着时光增加热度，

正如山的美随远增加；

棕榈的绿荫更为可爱

当流浪人度过了黄沙：

　爱情呀，你替我回话，

　我怎么能把她放下？

十四，五，十九。

饮　酒

是人生不容爱，
人生好比是暴君，
逆他的必死，
到了那时辰
我要想呀都不能。

情况既然如此，
又何必苦眼愁眉？
我有口能饮，
酒又爱般美
斟罢，快斟上一杯！

十四，八，二八。

情　歌

在发芽的春天，
我想绣一身衣送怜，
上面要挑红豆，
还要挑比翼的双鸳——
但是绣成功衣裳，
已经过去了春光。

在浓绿的夏天，
我想折一枝荷赠怜，
因为我们的情
同藕丝一样的缠绵——
谁知道莲子的心
尝到了这般苦辛？

在结实的秋天，

我想拿下月来给怜，
　代替她的圆镜
映照她如月的容颜——
　可惜月又有时亏，
　不能常傍着绣帏。

　如今到了冬天，
我一物还不曾献怜，
　只余老了的心，
像残烬明暗在灰间，
　被一阵冰冷的风
　扑灭得无影无踪！

十四，九，二六。

葬 我

葬我在荷花池内，
耳边有水蚓拖声，
在绿荷叶的灯上
萤火虫时暗时明——

葬我在马缨花下，
永做着芬芳的梦——
葬我在泰山之巅，
风声呜咽过孤松——

不然，就烧我成灰，
投入泛滥的春江，
与落花一同漂去
无人知道的地方。

十四，二，二。

雌夜啼

月呀，你莫明，
莫明于半虚的巢上；
我情愿黑夜
来把我的孤独遮藏。

风呀，你莫吹，
莫吹起如叹的叶声；
我怕因了冷
回忆到昔日的温存。

露水滴进巢，
我的身上一阵寒栗。
猎人呀，再来：
我的生趣已经终毕！

十四，五，三十。

摇篮歌

春天的花香真正醉人，

一阵阵温风拂上人身，

你瞧日光它移的多慢，

你听蜜蜂在窗子外哼：

　　睡呀，宝宝，

　蜜蜂飞的真轻。

天上瞧不见一颗星星，

地上瞧不见一盏红灯；

什么声音也都听不到，

只有蚯蚓在天井里吟：

　　睡呀，宝宝，

　蚯蚓都停了声。

一片片白云天空上行。

像是些小船漂过湖心，

一刻儿起，一刻儿又沉，

摇着船舱里安卧的人：

　　睡呀，宝宝，

　　你去跟那些云。

不怕它北风树枝上鸣，

放下窗子来关起房门；

不怕它结冰十分寒冷，

炭火生在那白铜的盆：

　　睡呀，宝宝，

　　挨着炭火的温。

　　　　　　　　　十四，十二，四。

少年歌

　　我们是小羊，
跳跃过山坡同草场，
　提起嗓子笑，
撒开腿来跑：
活泼是我们的主张。

　　我们是山泉，
白云中流下了高岸；
　谁作泾的溷
　　流成渭的清，
才不愧我们的真面。

　　我们恨暮气，
恨一切衰朽的东西。
　我们要永远

热烈同勇敢，
直到死封闭起眼皮。

我们是新人，
我们要翻一阕新声。
来呀，搀起手，
少年歌在口，
同行入灿烂的前程！

十四，九，十一。

婚　歌

一篇未完的诗

让喜幛悬满一堂，

映照烛的光；

让红毡铺满地上；

让锣鼓铿锵。

低吹箫，

慢拍铙，

让乐声响彻通宵。

洞房中要用香熏，

要牡丹插瓶，

要圆月般的金镜

照一对新人，

帐沿中

要有蜂

轻落进绣球花丛。

十五，一，九。

催妆曲

　　醒呀，从睡乡醒回，
晨鸡声厉厉在相催。
　　看呀，鸽子起来了，
她们在碧落里翻飞。

　　霞织的五彩衣裳
悬挂在弯弯月钩上；
　　日神也捧着金镜，
等候你起来梳早妆。

　　画眉在杏枝上歌：
画眉人不起是因何？
　　远峰尖滴着新黛，
正好蘸来描画双蛾。

杨柳的丝发飘扬，

她对着如镜的池塘；

　　百花是熏沐已毕，

她们身上喷出芬芳。

　　起呀！趁草际珠垂，

春莺儿衔了额黄归，

　　赶快拿妆梳理好。

起呀！鸡声都在相催！

十四，九，二八。

采莲曲

小船呀轻漂，

杨柳呀风里颠摇；

荷叶呀翠盖，

荷花呀人样娇娆。

日落，

微波，

金丝闪动过小河。

左行，

右撑，

莲舟上扬起歌声。

菡萏呀半开，

蜂蝶呀不许轻来，

绿水呀相伴，

清净呀不染尘埃。

溪间

采莲，

水珠滑走过荷钱。

拍紧，

拍轻，

桨声应答着歌声。

藕心呀丝长，

羞涩呀水底深藏；

不见呀蚕茧

丝多呀蛹裹中央？

溪头

采藕，

女郎要采又疑犹。

波沉，

波升，

波上抑扬着歌声。

莲蓬呀子多：

两岸呀榴树婆娑，

喜鹊呀喧噪，

榴花呀落上新罗。

溪中

采莲，

耳鬓边晕着微红。

风定，

风生，

风飐荡漾着歌声。

升了呀月钩，

明了呀织女牵牛；

薄雾呀拂水，

凉风呀飘去莲舟。

花芳

衣香，

消融入一片苍茫；

时静，

时闻，

虚空里袅着歌音。

十四，十，二四。

昭君出塞

琵琶呀伴我的琵琶:
趁着如今人马不喧哗,
　　只听得蹄声嗒嗒;
我想凭着切肤的指甲,
　　弹出心里的嗟呀。

琵琶呀伴我的琵琶:
这儿没有青草发新芽,
　　也没有花枝低丫;
在敕勒川前,燕支山下,
　　只有冰树结琼花。

琵琶呀伴我的琵琶:
我不敢瞧落日照平沙;
　　雁飞过暮云之下,

065

不能为我传达一句话
　　到烟霭外的人家。

琵琶呀伴我的琵琶：
记得当初被选入京华，
　　常对着南天悲咤；
哪知道如今去朝远嫁，
　　望昭阳又是天涯。

琵琶呀伴我的琵琶：
你瞧太阳落下了平沙；
　　夜风在荒野上发，
与一片马嘶声相应答，
　　远方响动了胡笳。

　　　　　　　　十五，三，二七。

晓朝曲

官门前面两行火把的红，
　　冲破了黑暗，映照着宫墙，
　　金黄的火星腾过华表上，
墙头瞧得见翠柏与苍松。

来朝似的群鸦旋舞天空，
　　夜云仓皇的向远处遁藏，
　　蚁聚的千官一声不听响，
静候在宫墙十里的当中。

朱红的大柱上盘着金龙，
　　宝座的旁边缭绕着炉香，
　　两个宫女已将雉扇高掌，
丹陛前恭立着卿相，王公。

看哪！一轮红日已经升东，

　　杏黄的旗旆在殿脊飘扬；

　　在一万里的青天下荡漾，

听哪！景阳楼撞动了洪钟！

　　　　　　　　　　十五，一，七。

哭孙中山

猩红的血辉映着烈火浓烟；
一轮白日遮在烟雾的后边；
杀气愁云弥漫了太空之内，
五岳三河上已经不见青天。

革命之旗倒在帝座的前方，
帝座上高踞着狞笑的魔王；
志士的头颅替他垒成脚垫，
四海哀呼，同声把"圣德"颂扬！

国体上的革命未能作到底，
便转过来革命自家的身体；
哪知病魔的毒与恶魔相同，
我国的栋梁遂此一崩不起。

谁说他没有遗产传给后人?
他有未竟之业让大家继承。
他留下玻璃棺样明的人格;
他留下肝癌核样硬的精神。

让伟大的钟山给他作丘垄,
让深宏的江水给他鸣丧钟。
让他为国事疲劳了的筋骨,
永息于四十里围的佳城中。

哭罢:因为我们的国医已亡。
此后有谁来给我们治创伤?
病夫!你瞧国医都死于赘疣,
何况你的身边有百孔千疮?

哭罢!让我们未亡者的哭声
应答着郊野中战鬼的哀音。
哭罢!因为镇鬼的钟馗已丧,
在昆仑山下魑魅更要横行。

但停住哭!停住五族的嘘唏!
听哪:黄花岗上扬起了悲啼!
让死者的英灵去歌悼死者,

生人的音乐该是战鼓征鼙!

停住哭! 停住四百兆的悲伤!
看哪: 倒下的旗已经又高张!
看哪: 救主耶稣走出了坟墓,
华夏之魂已到复活的辰光!

十四，四，一。

残　灰

炭火发出微红的光芒，
一个老人独坐在盆旁，
这堆将要熄灭的灰烬
在他的胸里引起悲伤——
　　火灰一刻暗，
　　火灰一刻亮，
　　火灰暗亮着红光。

童年之内，是在这盆旁，
靠在妈妈的怀抱中央，
栗子在盆上噼啪的响，
一个，一个，她剥给儿尝——
　　妈哪里去了？
　　热泪满眼眶，
　　盆中颤摇着红光。

到青年时，也是这盆旁，

一双人影并映上高墙，

火光的红晕与今一样，

照见他同心爱的女郎——

　　竟此分手了，

　　她在天哪方?

　如今也对着火光?

到中年时，也是这盆旁，

白天里面辛苦了一场，

眼巴巴地望到了晚上，

才能暖着火喝口黄汤——

　　妻子不在了，

　　儿女自家忙，

　泪流瞧不见火光。

如今老了，还是这盆旁，

一个人伴影住在空房，

他趁着残灰没有全暗，

挑起炭火来想慰凄凉——

　　火终归熄了。

　　屋外一声梆，

　这是起更的辰光。　　　　　十四，十一，十四。

春　风

春风呀春风，
这是你应当做的：
母亲样
摩抚着儿童。

春风呀春风，
这是你喜欢做的：
轻吻着
女郎的笑容。

春风呀春风，
这是你不该做的：
催出泪
到老人眼中。

十五，三，三十。

弹三弦的瞎子

　　城市寂寥的初夜，
他的三弦响过街中。
是一种低抑的音调，
疲倦的申诉着微衷。

　　路灯黄色的光下，
有幻异的长影前横；
说不定他未觉到罢，
也说不定眼前一明。

　　寒气无声的涌来，
围起他单薄的衣裳，
他趁着心血尚微温，
弹出了颤鸣的声浪。

　　三弦抖动而呜咽，
　哀鸣出游子的心胸。
　无人见的暗里飘来，
　无人见的飘入暗中。

　　　　　　　　十四，五，三。

有一座坟墓

有一座坟墓，
坟墓前野草丛生；
有一座坟墓，
风过草像蛇爬行。

有一点萤火，
黑暗从四面包围；
有一点萤火，
映着如豆的光辉。

有一只怪鸟，
藏着巨灵的树荫；
有一只怪鸟，
作非人间的哭声。

有一钩黄月，

在黑云之后偷窥；

有一钩黄月，

忽然落下了山隈。

十四，八，十七

雨　景

我心爱的雨景也多着呀：
春夜梦回时窗前的淅沥；
急雨点打上蕉叶的声音；
雾一般拂着人脸的雨丝；
从电光中泼下来的雷雨——
但将雨时的天我最爱了。
它虽然是灰色的却透明；
它蕴着一种无声的期待。
并且从云气中，不知哪里，
飘来了一声清脆的鸟啼。

十三，十一，二二。

有　忆

淡黄色的斜晖
转眼中不留余迹。
一切的扰攘皆停，
一切的喧嚣皆息。

入了梦的乌鸦
风来时偶发喉音；
和平的无声晚汐，
已经淹没了全城。

路灯亮着微红，
苍鹰飞下了城堞，
在暮烟的白被中
紫色的钟山安歇。

寂寥的街巷内，
王侯大第的墙阴，
当的一声竹筒响，
是卖元宵的老人。

十四，五，十五。

日　色

灿烂呀
　金黄的夕阳：
云天上幻出扇形，
仿佛羲和的车轮
　慢慢地
　沉没下西方。

秀蒨呀
　嫩绿的晚空：
这时候雨阵刚过，
槐林内残滴徐堕，
　有暮蝉
　嘶噪着清风。

富丽呀

猩红的朝暾：

绛霞铺满了青天，

晓风吹过树枝间，

露珠儿

摇颤着光明。

奇幻呀

善变的夕霞：

它好像肥皂水泡，

什么颜色都变到，

又像秋

染遍了枝丫。

苍凉呀

大漠的落日：

笔直的烟连着云，

人死了战马悲鸣，

北风起，

驱走着沙石。

阴森呀

被蚀的日头：

一圈白咬着太阳，

天同地漆黑无光，

只听到

鼓翼的鸥鸻。

十四，十二，二三。

端　阳

满城飘着艾叶的浓香，
两把菖蒲悬挂在门旁，
它们的犀利有如宝剑，
为要镇防五毒的猖狂。

这天酒里面都放雄黄，
家家无老少都拿酒尝；
儿童的额上画着"王"字，
喝不完的酒洒满一房。

孩子们穿着老虎衣裳，
粽子呀粽子，尽是呼娘，
娘，你带我瞧划龙船去，
好容易今天到了端阳！

　　　　　　　　十四，十二，十二。

夏　院

上面是天，
酪色的闲云滑行；
下面有蜂，
射过寻蜜的呼声。

十四，六，二。

夏　夜

村起凉风，

野草香飘来鼻中；

白光电幕，

抽于灰色的天空。

十四，六，三。

雨　前

等得不耐烦了，
蕉叶微微摆动；
几只蜻蜓
低飞过庭院中。

十四，六，四。

当　铺

美开了一家当铺，
　专收的人心；
到期人拿票去赎，
　它已经关门！

十四，十，十五。

秋

宁可死个枫叶的红，

　　灿烂的狂舞天空，

去追向南飞的鸿雁，

　　驾着万里的长风！

十四，十一，十。

眼　珠

蝶翼上何以有双瞳?

雀尾上何以生眼睛?

　　谁知道?

　　谁知道

　　她的眼珠呀

何以像明月在潭心?

　　　　　　十四，十一，十一。

猫 诰

　　有一只老猫十分的信神，

连梦里他都咕哝着念经。

想必是夜中捉老鼠太累，

如今正午了都还在酣睡。

幸亏他的公子过来呼唤，

怕父亲错过了鱼拌的饭。

他爬起来把身子摇几摇，

耸起后背伸了一个懒腰；

他的生性是极其爱清洁，

他拿一双手掌洗脸不歇。

现在离用膳还有半小时。

他想，教完子再去也不迟。

他吩咐小猫侍坐在堂下，

便正颜厉色的开始说话：

　　仁儿，你已到了及冠之年，

有光明的未来在你面前，
父总是希望子光大家门，
何况我猫家本来有名声？
我自惭一生与素餐为伍，
我如今只望你克绳祖武，
令我猫氏这大家不中落，
那我在泉下听了也快活。

　　第一我要谈猫氏的支分，
这些话你听了务必书绅：
我姓之起远在五千年上，
那时候三苗对尧舜反抗，
三苗便是我猫家的始祖，
他是大丈夫，不屈于威武。
但拿西方的科学来证明，
那猫姓的玄古更令人惊：
地质家说是我猫姓之起
离现在已经有五万世纪；
并且威名震四方的山王
都是我猫家的一个同房。
还有一别支是猫头鹰公，
他同我家祖上是把弟兄。
他们所以会结成了金兰，
是因眼睛同样的大而圆。

他在中州时郁郁不得意，

被一班迷信的人所远避，

气得追踪征西的班定远，

跑去了西域之西的雅典，

在那地方他的运气真好。

被主城的女神封作智鸟。

常言道东西的民族同源，

瞧我姓的沿革知非虚言。

　我姓因为从三苗公起头，

便同中国的帝王结了仇，

所以一直皆是卷而藏之，

将不求闻达的宗旨坚持。

　猫家人才算得天之骄子，

那班白种人何足以语此：

因为他们把时计制造成，

不过是近百年来的事情，

但我们在这五百万年中

一直是用着计时的双瞳。

至于我猫家人蓄的短髭——

〔说时候他摸嘴边的几丝；

仁儿也捏着新留的数根，

以表示自家是少年老成〕

更算得一切医药的滥觞，

神农学了乖去便成帝王。
吁，小子！尔其慎志父之言，
庶先王之丕烈藉兹流传——

　　说到了此处时忽闻声响，
他停住了口不再朝下讲；
他的两眼中放射出光明，
屏着呼吸，不吐一丝声音。
有如，电光忽然照亮天空，
接着黑云又把天宇密封，
震撼全球的雷一声爆炸，
把摩云的古木立时打下；
同样，老猫跳去了箱子边，
一条老鼠已衔在牙缝间。

　　等到整条老鼠已经吞尽，
他又向着仁儿开始教训：
我猫家人个个谙习韬略，
只瞧我刚才的出如兔脱。
须知强权是近代的精神，
谈揖让便不能适者生存。
孔子虽曾三月不知肉味，
佛虽言杀生于人道有悖，
但是西方的科学在最近
证明了肉质富有维他命。

并且受人之禄者忠其主，

家主养我们本来为擒鼠；

因为鼠虽然怕我们捉拿，

讲卫生的人类却极怕它。

我们于人类这般有功劳，

不料广东人居然会吃猫！

〔注：不料精于味的广东人

居然赏识秀才变的酸丁。〕

唉！负心的人今不少似古，

岂止是杀韩信的汉高祖？

所以我家主人如去广东，

那时候你切记着要罢工。

　　话才说到这里，忽闻呼唤，

原来是厨娘请去用午膳。

老猫停止了训诲，站起身，

小猫也垂着头在后紧跟。

　　行不多时，已经到了厨房：

有火腿同腌鱼悬挂走廊，

靠墙摆设着水缸与鸡笼，

有些枯菜的须撒在院中；

公鸡在瞅天，小鸡在奔跳，

母鸡哼的歌儿拖着长调；

群鹅有的伸颈，有的跛步，

一条狗来往的闻个不住；

锅里的青菜正在争论忙；

院中弥漫着炖肉的浓香。

　　老猫真不愧为大腹将军，

折冲樽俎时特别有精神。

不幸他们饭才吃了一半，

便有那条狗来到了身畔；

他毫不作礼的将猫挤走，

片时间鱼饭都卷进了口。

老猫直气得将两眼圆睁，

他一壁向狗呼，一壁退身。

小猫也跟着退出战阵外，

他恭听老猫最后的告诫：

有一句话终身受用不竭，

便是老子说的大勇若怯！

　　　　　　　　　十四，六，五一八。

月　游

我骑着流星，

度过虹桥与天河，

　向月宫走近，

想瞧不老的嫦娥。

　水晶的宫殿

关闭着两扇红门。

　有一棵桂树，

绿叶中漏下清芬。

　园里梅树下

一只兔子在捣霜；

　白莲香气内

群鹅漂过了池塘。

妙龄的宫女
还记得杨家玉环，
《霓裳羽衣曲》
悠扬在宫殿中间。

老仆叫吴刚，
白须直垂到胸口；
他管修树枝，
一柄斧常拿在手。

他问知来意，
将我引进了深宫；
在白玉座前
我见了她的面容。

她不愁寒冷，
身披白狐的裘衣。
夏天餐百合，
冬天拿松子充饥。

我呈上赘仪，
这些是海里所藏：
大珠从龙颔，

小珠从鲛人眼眶。

我呈上贽仪，
这些是山中所拿：
　银花鹿的皮，
还有麝香与象牙。

我呈上贽仪，
这些是地上所搜：
　珍珠梅，碧桃，
木笔，梨花，与绣球。

我向她问道：
要是你不嫌啰唆，
　我情愿晓得
你避太阳是为何？

太阳是金鸟，
九只里惟它独存。
　它背着后羿，
在我的后面紧跟。

我又向她问

月亮圆缺的理由，
　圆的是妆镜，
弯的是白玉帘钩。

　她赠我月季，
花比美人还娇艳；
　她赠我月饼，
霜作皮冰糖作馅。

　象牙雕的车，
车前是一对绵羊，
　是她送我的，
让我坐着回故乡。

　我行过雪山，
行过冰川与云壑。
　像一条白龙
瀑布从峰头坠落。

　我的车翻了！
滑进了瀑流中间！
　我忽然惊醒，
月光恰落在床前。　　　　十四，十二，二一。

还 乡

1

暮秋的田野上照着斜阳，
长的人影移过道路中央；
干枯了的叶子风中叹息，
飘落上还乡人旧的军装。

哇的一只乌鸦飞过人头；
鸦雏正在那边树上啁啾，
他们说是巢温，食粮也有，
为何父亲还在外面漂流？

金星与白烟向灶突上腾，
屋中响着一片菜的声音，
饭的浓香喷出大门之外；
看着家的妇女正等归人。

他的前头走来一个牧童，
牵着水牛行过道路当中，
牧童瞧见他时，一半害怕，
一半好奇似的睁大双瞳。

他想起当初的年少儿郎，
弯弓跑马，真是意气扬扬；
他们投军，一同去到关外，
都化成了白骨死在边疆。

一个庄家在他身侧过去，
面庞之上呈着一团乐趣；
瞧见他的时候却皱起眉，
拿敌视的眼光向他紧觑。

这也难怪：二十年前的他
瞧见兵的时候不也咬牙？
好在明天里面他就脱下，
脱下了军服来重做庄家。

青色的远峰间沉下太阳，
只有树梢挂着一线红光；
暮烟泛滥平了谷中，田上；

虫的声音叫得游子心伤。

看哪，一棵白杨到了眼前，
一圈土墙围在树的下边；
虽说大门还是朝着他闭，
欢欣已经涨满他的心田。

他想母亲正在对着孤灯，
眼望灯花心念远行的人；
父亲正在瞧着茶叶的梗，
说是今天会有贵客登门。

他记起过门才半月的妻，
记起别离时候她的悲啼；
说不定她如今正在奇怪，
为何今天尽是跳着眼皮。

想到这里时候一片心慌，
悲喜同时泛进他的胸膛，
他已经瞧不见眼前的路，
二十年的泪呀落下眼眶！

2

大门外的天光真正朦胧；
大门里的人也真正从容，
剥啄，剥啄，任你敲的多响，
你的声音只算敲进虚空。

一条狗在门内跟着高叫，
门越敲得响时狗也越闹；
等到人在外面不再敲门，
里边的狗也就停止喧噪。

谁呀？里边一丝弱的声浪
响出堂屋，如今正在阶上。
谁呀？外边是否投宿的人？
还是哪位高邻屈驾光降？

娘呀，是我，并非投宿的人。
我们这样贫穷哪有高邻？
〔娘年老了，让我高声点说：〕
我呀，我呀，我是娘的亲生！

儿吗？你出门了二十多年，
哪里还有活人存在世间？
哦，知道了，但娘穷苦的很，
哪有力量给你多烧纸钱？

儿呀，自你当兵死在他乡，
你的父亲妻子跟着身亡；
儿呀，你们三个抛得我苦，
留我一人在这世上悲伤！

娘呀，我并不是已亡的人！
你该听到刚才狗的呼声，
我越敲门它也叫得越响；
慢悠悠的才是叫着鬼魂。

儿呀，不料你是活着归来，
可怜媳妇当时吞错火柴！
儿呀，虽然等到你回乡里，
我的眼睛已经不得睁开！

让我拿起手来摸你一摸——
为何你的脸上瘦了许多？
儿呀，你听夜风吹过枯草，

还不走进门来歇下奔波？

柴门外的天气已经昏沉，
天空里面不见月亮与星，
只是在朦胧的光亮之内，
瞧见草儿掩着两个荒坟。

十五，四，十一。

王　娇

1

上灯节已经来临，
满街上颤着灯的光明：
红的灯挂在门口，
五彩的龙灯抬过街心。

星斗布满了天空，
闪着光，也像许多灯笼。
灯烛光中的杨柳
白得与银丝的相同。

满城中锣鼓喧阗，
还有鞭炮声夹在中间，
游人的笑语嘈杂：
惊起了栖禽，飞舞高天。

黑暗里飘来花芳，
消融进一片暖的衣香；
四下里钗环闪亮，
娇媚呈于喜悦的面庞。

听呀，听一声欢呼——
空中忽喷上许多白珠！
这是哪儿放焰火，
还是陨星飘洒进虚无？

是在周侯府前头
扎起了一座五彩牌楼，
灯笼各样的都有，
烛光要燃到天亮方休。

便是在这儿放花，
便是在这儿起的喧哗——
但是欢笑声忽静，
原来新的花又已高拿。

他们再也不想睡，
他们被节令之酒灌醉；
笑谑悬挂在唇边，

他们的胸中欢乐腾沸。

但是烛渐渐烧残，
人的喉咙也渐渐叫干；
在灯稀了的深巷，
已有回家的取道其间。

这是谁家的女郎？
她的脚步为何这样忙？
原来不是独行的，
还有两个女伴在身旁。

她们何以这般快？
哦，原来在五十步开外
有两个男子紧跟：
险哪！这巷中别无人在！

咦，她们未免多心：
你瞧那两个紧跟的人
已经走上前面去——
不好了！他们忽然停身！

他们拦住了去道，

凶横的脸上呈出狞笑；
　　他们想女子可欺，
走上前去居然要搂抱。

　　女郎锐声的呼号，
但是沉默紧围在周遭，
　　一点回响也没有——
只听得远方偶起喧嚣。

　　她们定归要堕网：
你看奸人又来了同党。
　　两个她们已不支，
添上三个时何堪设想？

　　三人内一个领头，
烛光下显得年少风流；
　　他哪是什么狂暴，
他是个女郎心的小偷！

　　从仆听他的指挥。
不去那两人的后面追，
　　只是恭敬地站着，
等候把三个女郎送回。

"姐姐们请别害怕——"
他还没有说完这句话，
　　就张了口停住：呀！
他遇到了今世的冤家！

　　正站在他的面前——
这是凡人呀还是神仙？——
　　是一个妙龄女子；
她的脸像圆月挂中天。

　　额角上垂着汗珠，
它的晶莹珍珠也不如；
　　面庞中泛着红晕，
好像鲛绡笼罩住珊瑚。

　　一双眼有夜的深，
转动时又有星的光明；
　　它们表现出欣喜，
表现出一团感谢的心。

　　"请问住在哪条街？
如何走进了这条巷来？

侥幸我刚才走过——
不送上府我决不离开。"

　　"这个是我的姨妹——"
她手指的女郎正拭泪；
　　"奇怪，不见了春香!"
春香原来躲在墙阴内，

　　好容易唤出巢窠，
出来时候仍自打哆嗦
　　哭的女郎笑起来，
她的主人也面露微涡。

　　等到过去了惊慌，
又多嘴："我家老爷姓王。
　　这是曹家姨小姐。
这是一家都爱的姑娘。

　　两位姑娘要看灯，
大家都抢着想跟出门；
　　早知道现在如此，
当时我也不会去相争。

贵姓还不曾请教?"
"我家周侯府谁不知道?
今夜不是有放花?
那就是少爷使的钱钞。"

杏花落上了身躯,
夜半的寒风正过墙隅。
"王家姐姐怕凉了。
我们尽站着岂非大愚?"

他跟在女郎身旁,
时时听到窸窣的衣裳;
女郎鬓边的茉莉
时时随了风送过清香。

他故意脚步俄延,
唯愿这人家远在天边,
一百年也走不到——
不幸她的家已在眼前。

一声多谢进了门,
他们正要分开的时辰,
她转身又谢一眼——

哎！这一眼可摄了人魂！

　　一团热射进心胸，
脸上升起了两朵绯红——
　　等到他定睛细看，
女郎已经是无影无踪。

　　他慢腾腾地走开，
走不到三步，头又回来；
　　仆人彼此点头笑，
只在他两边跟着徘徊。

　　"女郎呀，你是花枝，
我是一条飘荡的游丝，
　　只要能黏附一刻，
就是吹断了我也不辞。

　　要说是你真有心，
为何你对我并不殷勤？
　　要说是你真无意，
为何眼睛里藏着深情？

　　可恨呀无路能通，

知道哪一天可以重逢？
　牵牛星呀，我妒你，
我妒你偷窥她的房栊!"

　"少爷，四边没有人，
你的这些话说给谁听？
　天都亮了，回去罢，
你听东方业已有鸡鸣。"

2

时光真快，已到梅雨期中，
阴沉的毛雨飘拂着梧桐，
一夜里青苔爬上了阶砌，
卧房前整日的垂下帘栊。

稀疏的檐滴仿佛是秋声，
忧愁随着春寒来袭老人；
何况妻子在十年前亡去，
今日里正逢着她的忌辰。

十年前正是这样的一天，
在傍晚，蚯蚓嘶鸣庭院间，

偶尔有凉风来撼动窗槅，
他们永别于暗淡的灯前。

他还历历记得那时的妻：
一阵红潮上来，忽睁眼皮，
接着喉咙里发响声，沉寂——
颤摇的影子在墙上面移。

三十年的夫妻终得分开，
在冷雨凄风里就此葬埋；
爱随她埋起了，苦却没有，
苦随了春寒依旧每年来。

还好她留下了一个女娃，
晶莹如月，娇艳又像春花；
并且相貌同母亲是一样，
看见女儿时就如对着她。

虽然貌美，并不鄙弃家常，
光明随了她到任何地方；
好像流萤从野塘上飞过，
白苹绿藻都跟着有辉光。

他因为是武官，并且年高，
一切的文书都教她捉刀：
这又像流萤低能趁磷火，
高也能同星并挂在青霄。

她好比柱子支撑起倾斜，
有了这女儿他才少苦些，
不然他早已随了妻子去，
正这样想时，门口一声："爹，

信写成了。爹怎么又泪悬？
老人的情绪经不起摧残。
爹难道忘了娘临终的话？
爹苦时娘在地下也不安！"

"咳，娇儿，泪不能止住它流；
你来了，我倒宽去一半愁。
信写成了？拿过来给我看。
是军事，立刻要差人去投。

咳，为这个我忙到六十余，
但至今还是名与利皆虚；
只瞧着一班轻薄的年少，

驾起了车马，修起了门间。

如今是老了，好胜心已无；
从前年少时候胆气却粗，
那时我常常拍着案高叫：
'我比起他们来哪样不如?'

她那时总劝我别得罪人，
总拿话来宽慰，教我小心——
咳，人已去了世，后悔何及?
当时我竟常拿她把气平！

等我气平了向她把罪赔，
她只说:'以往的事不能追;
雷呀，脾气大了要吃亏的，
我望你今天是最后一回。'"

女儿说:"这种时候并不多，
爹何必为它将自己折磨?
听说当时娶娘来很有趣，
爹向我谈谈到底是如何?"

光明忽闪出深陷的眼眶，

老人的目前涌现一女郎，

他那时正年少，箭在弦上，

从空中射落了白鸽一双。

养鸽的人家对他表惊奇，

没有要赔，并且毫不迟疑

把喂这一双鸽子的幼女

嫁给了射鸽子的人做妻。

他想起了闺房里的温柔，

想起了卅年的同乐同忧，

想起了妻子添女的那夜，

他多么喜，又多么为妻愁。

这些他都说给了女儿听；

他还说当初给女儿定名，

争了大半天才把它定妥，

因为他的意思要叫昭君。

他又说："娘生你的那一天，

梦见一只鸢在天半翩跹，

西落的太阳照在毛羽上，

青中观红色，与云彩争鲜；

颈上有一个同心结下垂，
是红丝打的；她一面高飞，
一面在空中转她的巧舌，
那声音就像仙女把箫吹。

忽然漫天的刮起一阵风，
把鸟吹落在你娘的当胸，
她大吃一惊，从梦里醒转；
便是如此，你进了人世中。

你小时无人见了不喜欢，
抓周时你拿起书同尺玩，
我最爱你那时手背的凹，
同嘴唇中间娇媚的弓弯。

到五岁上娘就教你读书，
真聪明，背得一点不模糊，
我还记得在灯檠的光下，
你们母女同把诗句咿唔。

你娘同我们撒手的那时，
你才九岁，还是一片娇痴。

唉，那刻妻子去了孩儿小，
我心中的难受哪有人知!

从此只留下父女两个人，
同受惊慌，彼此安慰心魂。
幸喜三载前你年交十六，
已能帮曹姨把家务分承。

知名的闺秀古代也寥寥，
武的只有木兰，文的班昭，
但是谁像你这般通文墨，
家中的事务也可以操劳?

担子这般重总愁你难驮，
我已请了一个书吏，姓何，
从明天起你就可以停下，
免得光阴都在这里消磨。

你如今已到待字的年华，
男大须婚，女大须定人家。
门户不谈，人品总要端正，
但一班的少年只见浮夸。

武职是大家轻视的官差，
几时看见媒人上我门来？
不管你才情，也不管容貌，
钱，你有了钱别人就眼开。

你身上我决不放松一些，
我不情愿你将来埋怨爹，
我要寻配得上你的佳婿，
文才不让你，人也要不邪。

我无时不将此事记在心，
我常常记着你娘的叮咛，
她说：'我们只生了一个女，
这个女儿别配错了婚姻。'

你是明白的，总该会思量，
这桩事我正想与你相商：
不知道我家的亲戚里面，
可有中你心意的少年郎?"

她听到这些话十分害羞，
只是低下颈子来略摇头，
答道："爹，不要再谈这些话，

除了侍候爹我更无所求。"

"也真的：拿你嫁这种人家，

就好比拿凤凰去配乌鸦。

我何尝不情愿你在身侧——

总得找人来培养这枝花。

"女儿也看过些野史诗篇，

无处不逢到薄命的红颜；

何况爹老了，又孤单的很，

我只要常跟在爹的身边。"

一颗颗的泪点滴下白须，

他哽咽着说："娇儿，你太迁。

你年纪大了，我怎能留住？

只望你们别将我弃屋隅。"

房里寂然，只闻父女同悲；

疏疏的春雨轻洒着门扉，

不知是湖边，还是云雾里，

杜鹃凄恻地叫过，不如归！

3

南风来了，梅雨驱散，

　天的颜色显得澄鲜，

绿荫密得如同帷幔，

　蝉声闹在绿荫里边。

太阳把金光乱洒下人间。

麦田里边翻着金浪，

　四周绕着青的远峰，

鸟在林内齐声歌唱，

　豆花的香随了暖风，

吹遍了一片田野的当中。

乡下的原野越热闹，

　城中的庭院越清幽：

一树浓荫将它笼罩，

　竹帘上绿影往来游，

只偶尔有蜂向窗槅上投。

从房顶的明瓦里面

　偷下来了一条日光，

这条日光移得真慢，

　　光中群动无声的忙；

幽暗里钻出来一缕炉香。

书案边静坐着女郎；

　　一阵困倦侵入胸内，

幻影在她前面飞扬，

　　水在壶中单调的沸，

暖风轻轻拂来，催她入睡。

忽听得男子的脚步，

　　她忙把已落的头抬；

她想起父亲的嘱咐，

　　忙把已闭的眼睁开，

替她的书吏是在今天来。

她瞧见书吏的模样，

　　不觉心中暗吃一惊，

这正是灯节的晚上

　　把她救了的少年人：

她迟疑地问道："尊姓大名？"

"我的名字是何文迈。"

"这口音与那晚正同!"
她见仆人走出房外,
　　不觉腮中晕起微红,
但在外面还假装出从容。

她等书吏坐了,问道:
　　"周家公子是个贵人,
为何把富与贵扔掉,
　　不肯在侯府做郎君,
卑躬折节的来光降蓬门?"

"既知道了何必遮掩?
　　这都是为你呀,女郎。
我自从那夜里相见,
　　回了家后饮食俱忘。
我连做梦都想着来身旁。

形骸看着消瘦下去,
　　精神一天弱似一天。
不见时活着觉无趣;
　　如今见了才像从前。
女郎呀,你总该可以垂怜?"

"公子这样家中跑出，

　难道是忘记了爹妈？

说不定他们正在哭，

　急得把天呼，把发抓，

怕公子去世了，永不回家。

又难道忘记了身份？

　书吏的事情做得来？

竟为女子荒废学问，

　把无量的前程扔开？

回去罢，请别在这里延挨。

我不是公子的朋友——

　可恨我生来是女身。

可怕呀，悠悠的众口。

　何况我要侍奉父亲。

回去罢，请别在这里留停。"

"教我离开未尝不可，

　我不愿使你担恐慌：

但我不见得能多活，

　到那时万一我死亡，

即非有心呀你岂不悲伤？

死去了也未尝不好，

　　只要你珠泪为我流；

然而活着岂不更妙？

　　女郎呀，别转过双眸。

除了相见外我另无所求。"

他见女郎一声不应，

　　知道她已经不留难，

这不作声便是默认，

　　他真说不出的喜欢。

他问道："我来府上的时间

以为先与令尊相见——"

　　"从前我替爹管文书；

侥幸今天卸了重担，

　　从此我不须费功夫，

再来这面书房里把鸦涂。"

"原来姐的文墨也妙，

　　那我真要拜作先生：

我自然不敢当逸少，

　　但姐真不愧卫夫人。

请容我永远拜倒在师门。"

浅的笑窝呈在双颊，
　　她说不出来的娇羞。
他们都觉得没有话，
　　都向窗外转过了头，
他们望蛛丝在日光里游。

他们瞧见一双蝴蝶，
　　忽高忽下，追着游戏。
飞得高，便上了蕉叶；
　　飞得低，便与地相齐。
只可惜不闻它们的笑啼。

她转身望周生一眼，
　　不料周生正在瞧她；
绯红晕上了她的脸，
　　心中懊悔事情做差，
匆匆地出了房，推说绣花。

他望着女郎的后影，
　　女郎的罗袜与金钗。
他的心中又喜又闷：

闷的是何时她再来，
　　喜的是情已进了她胸怀。

4

巧夕已经到了夜半，
　　王娇还在倚着楼窗。
她抬头，见双星灿烂；
　　低头，见叶里的灯光。

杨柳枝低下头微喟，
　　幽静里飘过一丝风；
偶听到鱼儿跃池内。
　　沉寂将她催进梦中。

她梦见天孙是自己，
　　面对着汹涌的银河，
河的两头连到云里，
　　时有流星落进洪波。

一座桥横跨在河上，
　　白石地，檀木的栏杆。
喜鹊在桥楼上欢唱，

一盏红灯悬挂楼前。

心在胸口怦怦的跳，

　　她要知道牛郎是谁。

她依稀听得有牛叫，

　　她打开南向的窗扉。

远方不是一团黑影？

　　近了，近了，还是模糊。

等到形貌依稀可认，

　　她不禁失了声惊呼：

"这不是——""是我呀，小姐。

　　我便是小姐的春香。"

她睁眼见丫鬟，并且——

　　周生也当真在前方！

"春香，这是醒呀是梦？"

　　春香不答，只是嘻嘻。

她再看周生，也不动，

　　只是不安的把头低。

闪电般她恍然大悟，

心在胸中又跳起来；
　惊慌，懊恼，羞惭，愤怒，
　　同时呈上她的双腮。

她把丫头严加申斥，
　说她不该引进生人；
她又责周生不老实，
　责他是轻薄的书生。

她说："我当初是怜惜，
　不料如今你竟忘怀。
我的为难你不思及，
　你竟忍心进我房来。"

丫鬟挨了骂，噘起嘴，
　"这都是你闯祸，少爷。
如今好了：唉，我的腿
　到明天一定要打瘸。"

周公子也埋怨丫头：
　"谁教你说姑娘有意？
不然，我怎会来绣楼？
　你真能忍心将人戏。"

"我的言语哪句不真?
　　谁向你这种人撒谎?
去罢,去罢。如今怨人,
　　是假的当初怎不讲?

瞧,瞧,你又不肯下楼。
　　瞧那尊容上的怪相。"
"不,不,我要问清缘由,
　　免得姑娘说我轻荡。

不用忙。你先将气平,
　　话是真的不妨再说。
我问你:姑娘可有心?
　　我可是冒昧来闺阁!"

一则埋怨小姐装乔,
　　二则恐慌已经过去,
这丫鬟又开始唠叨,
　　她把从前的事详叙:

"小姐,你已经忘记掉,
　　那早晨我替你梳妆,

你一边拿着铜镜照，

　　一边瞧镜里的面庞。

你问我，眼睛没有转：

　　'春香，你瞧我该配谁?'

我说：'师爷，可惜穷点。'

　　你红着脸一语不回。

一晚我从床上滚下，

　　正摸着碰疼了的头，

忽然听到你说梦话，

　　别的不闻，只听说：'周……'"

如今是轮到她羞缩，

　　轮到她红脸，把头低；

但是丫鬟不顾，续说：

　　"我从那时起就心疑。

直到今天听见他讲，

　　才知小侯爷做书班，

才知何文迈是撒谎；

　　到了今天我才恍然，

到了今天我才知悉，

　　为什么有时你睡迟，

一个人对着灯叹息，

　　手里拿着笔写新诗。"

女郎听着，又羞又恼，

　　喝丫头："还不去后房！"

但是同时又改口道，

　　"等在这里，我的春香。"

"我还是先去后房睡：

　　省得明早又像从前，

你起床了，朝着我啐：

　　'瞌睡虫，别尽着贪眠！'"

房中只剩他们两个。

　　她垂下头，身倚窗棂：

她的胸膛几乎胀破，

　　惊慌充满了她的心。

他定了神四下观望，

　　瞧见蜡烛只剩残辉，

瞧见睡鞋放在椅上，

瞧见垂下了的床帷。

偶有灯蛾想进窗内，
　　静中只闻心跳怦怦。
鸭兽与脂粉的香味
　　时时随风钻进鼻中。

他推窗，见双星在空；
　　闭窗，对娇羞的美人。
她依然站着，没有动，
　　但是觉到他的微温。

5

王娇的妆楼还在开着窗，
　　中秋夜里将阑的月色，
　　照见一双人倚在楼侧，
楼板上映着窗影的斜方。

空中疾行过浑圆的月球；
　　银雾里立着亭台花木，
　　桂树的影在根旁静伏，
桂花香到深夜分外清幽。

女郎怕冷，斜靠着他的肩，
　　温热与情在她的胸内，
　　眼睛半开半闭的将睡，
如梦的情话响在他耳边。

"你已经累了。"他说时侧身，
　　把她如绵的身躯抱起；
　　转身时候忽见房门启，
门缝后探进来一个女人。

他惊得放下了女郎："是谁?"
　　她也立刻从梦中醒转：
　　"曹姨来了！时间这么晚……"
没有说完，她的头已低垂。

公子也红着脸，不敢抬头。
　　有一桩事令他最难过，
　　就是，女郎并不曾做错，
但如今为他的缘故蒙羞。

反是曹姨先向他们开言：
　　"当时我瞧着心里奇怪，

果然不出我的意料外。
但请放心，我所以来这边，

不过是有点替娇儿担惊，
　因为这样终归不是了。
　万一事情被父亲知晓，
年老的人岂不加倍伤心？

你们两个真是女貌郎才，
　难怪娇儿向来不心动，
　遇到周公子也入了瓮，
公子也扔了家来做书差。

不用瞧：你们的这段姻缘
　我是从春香处打听到。"
　说到这里，她就开玩笑：
"我的痴儿，你怎能将我瞒？

春天我常看见你倚楼窗，
　手弄绿珠串般的杨柳；
　举目呆望着白云流走，
一刻又支腮，俯首看鸳鸯。

夏天我见你比前更丰腴，

　　你的面庞荷花样饱满，

　　你的颜色荷花样娇艳，

但对着南风常听你轻吁。

秋天高了，你也跟着长高，

　　你的双乳隆起在胸上，

　　你像入秋更明的月亮，

但已无春天雾里的娇娆。

你怎能瞒过我，痴的女娃？

　　我今晚来想把你们劝。

　　我并不是要你们分散，

但是我劝周公子快回家。

回家后却不要将她丢开——

　　瞧你这人倒不像心狠。

　　你须把详情向父母禀，

立即请媒人上我家门来。

你失踪了，一定急坏爷娘。

　　自家的孩儿既然顾惜，

　　〔娇儿又是受你的威逼，〕

想必不会害人家的女郎。

娇儿，你淑妹正少些嫁衣，
　　你的针黹好，我要奉托，
　　你替她缝些，等你出阁，
她自然也能帮着你做齐。

我去了。你们望一夜月圆，
　　到明天却不要愁它缺：
　　只要你们的相思不灭，
教圆月重辉并不算为难。"

如今还是他们俩在房中。
　　稀疏的柳影移上楼板，
　　柝声在秋夜分外凄惨，
从园里偶尔吹进来冷风。

她眼眶中含着泪珠晶莹，
　　她靠在周生肩上微抖，
　　"两人的恩爱从此撒手？
难道我七夕做的梦当真？

唉，牛郎同织女虽然隔河，

还能每年中相逢一面；

我们怕从此不能再见，

孤零的，我要从此做嫦娥。

我如今只觉得一片心慌。

唉，我的一生从此断送！

爹爹知道了岂不心痛？

到了那时候我做何主张？"

"娇，你以为我会那般薄情？

我可以当着太阴赌咒，

将来决不把你抛脑后。

你们作证呀，过往的神明！"

"你千万不要以为我生疑，

我知道你对我是相恋。

但你的双亲做何主见？

万一他们要你另娶佳妻？"

"娘疼我，父亲却一毫不松，

但我要发誓非你不娶；

万一他逼我更改主意，

我就要私逃来你的家中。

我要向岳父将一切说明，

　　将过错揽来我的身上。

　　那时我们便能长偎傍，

不愁别，也不须吊胆提心。

你瞧月亮已经落下西山，

铜盘里盛满红的蜡泪，

知道要何时才能再会？

娇呀，别尽着在窗侧盘桓。"

6

晚秋的斜阳照在东壁上，

墙阴里嘶着秋虫的声浪；

枯枝间偶尔飘进一丝风，

把剩余的黄叶吹落院中。

王娇的胸中充满了悲哀，

她是从姨妹的婚礼回来。

她记得昨夜锣鼓的铿锵，

花香与粉气弥漫了全堂，

宫灯的闪烁——但化成轻烟，

飘入了愁云凝结的今天。

记得辞别新人的归途里，

父亲把她出嫁的事提起，

她忍不住在车里哭出声。

父亲不知道她已有情人，

也不知道她已经怀了胎，

尽等周公子总是不见来，

昨天派孙虎去侯府找他，

不知道今天可能够回家。

万一他被逼或是变了心，

她拿什么见爹爹与六亲？

但她的父亲不知道这些，

只是将坐骑靠近她的车：

"小娇呀，你的心我也深知：

我决不让你耽误了芳时。"

他还另外拿了些话安慰，

哪晓得更勾起她的愧悔。

到家后又提起她的亡母，

重数父女同尝过的辛苦；

不知她多一重苦在心头，

想开口又不能，只是泪流。

她不情愿父亲过于伤心，

出了书房，如今走过后庭。

但是院中的房已经空虚，

因曹姨搬去了婿家同居。
她一边走，一边想起当初，
曹姨中年守寡，家无寸储；
她还记得曹姨来的那天，
她正在掐染指甲的凤仙，
看见曹姨带着一个女娃，
有三岁，她忙跑去告诉妈。
从此她有姨妹陪着游玩。
还记得有一次同放纸鸢，
都断了线；她的飞进天空，
姨妹的落上了一棵青松。
甜美的童年便如此飞度，
直到四年后她的娘亡故。
是她亲眼瞧着姨妹长大，
是她亲眼瞧着姨妹出嫁；
但是她自己呢？怀孕在身，
孩子的爹还不知是何人！
她记起昨夜晚遇见曹姨，
低声问周家已否来聘妻。
她要不是瞧着宾客满堂，
真想抱起曹姨来哭一场。
她瞧周生并不像负心汉，
但为何一月来音信俱断？

最伤她心的是对不起爹：

他一向知道女孩儿不邪，

才肯让她与男子们周旋，

在她也是向来处之淡然；

说也奇怪，唯独遇到周生，

她心里才头次种下情根。

灯节的相救，初夏的重逢，

夏日的斋内，巧夕的楼中，

来得又快又奇，与梦无异，

令她眼花缭乱，毫无主意。

这都不能怪她，这都是天。

她这样想时，已到了楼前。

她瞧见孙虎头扎着白巾，

在楼下，她不觉大吃一惊。

她晓得事情是吉少凶多，

不觉浑身之上打起哆嗦；

但在外面还不露出悲哀。

只教孙虎悄悄跟上楼来，

把一切详情说与她知道。

他的头打破了，是和谁闹？

周公子父亲的意思怎般？

他从怀内拿出一只玉环，

交给她，说道："小姐还要听？

不怕听到了我的话伤心？
那么我就讲。昨天的上午
我拜别了姑娘去到侯府，
没向门房说是小姐所差，
只说是王家少爷派我来，
有紧急的事要当面见他。
他瞧见我的时候，惊呼：'呀，
是你！'他把当差遣出书房，
重新向我说：'你家的姑娘
好吗？我这一向因为事多——'
哼。什么事！不过是讨老婆。"
王娇道："什么？""小姐别伤心，
这负心汉已经另娶了亲。
我当时真气，说：'你问自己，
她好不？小姐哪桩辜负你，
你居然能够忍心把她抛，
消息毫无，使她日夜心焦？
你自己问良心，这可应该？
今天是她差我上贵府来，
问问你没有消息的缘由。'
他听到说，假装皱起眉头，
唉声叹气，连我都当是真，
他说：'想不到天意不由人。

我自从离开府上回了家，

一心指望即日娶过娇娃；

哪知道我的父亲不允许。

他说，一个小武官的闺女

怎么同我的儿子配得来？

这给人听到嘴不要笑歪？

并且这女孩子本来轻佻，

不是她抛头露面的招摇，

我的儿子怎会陷入网中？

那父亲也未免家教太松，

不算小户了，却无个内外；

如今好了，女儿为他所害。

我决不情愿被叫作糊涂，

何况我家祖上受过丹书，

我决不让儿子这样成婚，

被人家传出去当作新闻。

娘，她见我回了家，真喜欢，

并且女子的心肠软似男，

她总劝父亲顺我的意思。

他与娘不知闹过多少次。

我知道他的心无法可回，

就趁了一晚风呼呼在吹，

偷着翻过花园想逃出去。

哪知正翻时与更夫相遇。
更夫怕我逃了，父亲治他，
连忙把我的两条腿紧抓，
任我百般哀求，都不放松。
他把我送回去了书房中，
在书房外守了一个通宵，
怕我得到旁的空又偷逃。
第二天早上他禀知父亲，
父亲听到时候，大发雷霆，
亲自拿棍子打了我一顿，
教两个当差的将我监禁，
并且教他们日夜里巡逻。
他一面又派人去找媒婆，
打听哪个官府里有姑娘。
唉，我被两个人监在书房，
就是想偷跑也无路可通，
况且父亲拷打得那般凶，
你想除顺从外有何方法？'
'只怪我家小姐当时眼瞎，
认识了你这个负心的人，
使得她如今进退都不能。'
'把气平下，让我们慢慢谈，
瞧可有方法打通这难关。'

'想方法? 那还不十分容易?

你当时既有偷逃的胆气,

现在何不也一逃以了之?'

'唉, 你晓得如今不比当时,

如今我已娶了妻子在家,

我跑了时如何对得起她?'

我一听不由得气满胸膛,

大声叫道:'那么我家姑娘

你对得起吗?'他说:'你息怒。

我也并非愿意将她辜负,

只不过父亲的严命难违。

已往的事如今也不能追,

让我们想可能亡羊补牢。'

说着话, 他找出黄金十条:

'这送你家的小姐作妆奁;'

他同时又把手探进胸前,

拿出我交给小姐的玉环,

'这是她送我的, 如今奉还。

你向她说我是无福的人,

只望她嫁一个好的郎君。'

'什么! 你把我家小姐丢开?

那么当时谁教你骗她来?

这玉环是她的, 我要带回,

免得宝物扔上了粪土堆。

谁稀罕你的金子？真笑话！

我气得把它们扔在地下。

'我孙虎都不稀罕这黄金，

何况我家小姐金玉为心？

别的不提，骗了我家姑娘，

一切纠葛就要由你承当。

现在她腹中已经有了喜，

她在家一天到晚的候你，

候你去认为这孩子的爹。

你难道良心都没有一些，

能够坐着看她被别人羞，

看她下水，你不肯略回头?'

'娶她过来做妾，你瞧怎样?'

听到此，我的气直朝上撞，

'什么！你敢污辱我家千金?

我今天要舍了命同你拼。

你这畜生！我家老爷的官

虽然不大，也是朝廷所颁，

我家小姐怎与人做偏房?

我孙虎也吃过皇家的粮，

这口气教我如何忍得下?'

我一边这样的把他大骂，

一边要捶他。那怯汉高呼：

'张千，张千，快抓住这强徒！'

呼声惊动了房外的当差，

他连忙入内把我们挡开。

我冲了几次都没有冲过，

反被那厮把我的头打破。

唉，年纪老了，什么都不中。

要像当年那般破阵冲锋，

不说一个，十个我也打翻；

我早抠出那小子的心肝，

一把抓过来献上给小姐，

教人知道王家并不好惹！

唉，年纪大了，什么都不行。"

说到此，他的泪落满衣襟，

"唉，老爷立下过多少功劳，

都是因为他的生性孤高，

不肯弯下腰去阿附上司，

才这样穷；但他毫无怨辞。

想不到虎落平阳被犬欺，

姑娘又遇到这个坏东西。

并且他是我头次引来家，

我恨不得一把将他紧抓，

撕成两片，心里面才痛快。"

老仆人这时汗迸出脸外，
一根根的筋在额角紧张，
光明发射出已陷的眼眶，
喉咙里呼噜的尽作响声，
愤怒如今充满他的灵魂。
王娇一语不发，只是泪流，
她抬起了已经垂下的头，
颤声地说："你不须将气动，
与这班人动气也不中用。
你的头新破，经不起悲伤，
歇歇去罢。这回累你多忙。
等到你的头休养好了时，
我们再商量办法也不迟。"
女郎呀，你何尝要想法来？
你不过是将老仆人支开，
怕他年纪大，经不起伤心。
你已将自家的命运看清。
你如今知道了那个兆头
何以有红丝缠绕在咽喉，
你如今知道了那同心结
你因之而生，也因之而灭。
看哪，墙头已不见太阳光，
只有些愁云凝结在穹苍；

主宰这人间的换了黑暗。

我听到了你的一声长叹，

床头的窸窣，扣颈的声音，

喉中发过响后，便是凄清。

去了，去了，痴情逃上九天，

如今只有虚伪盘踞人间！

7

白烛摇颤着青色的光明，

女郎的灵柩在白帏里停。

黑暗与沉默笼罩住世界，

天空里面瞧不见一颗星。

春日的百花卷起了芬馨；

夏天去了，鸟儿不再和鸣；

辞了枝的秋叶入土安息；

河水在严冬内结成坚冰。

听哪，是何人手抚着亡灵，

在白帏后倾吐他的哀音？

哭声在夜里听来分外惨。

可怜哪，你这丧女的父亲！

更可怜哪，连哭都不成声，
因为他是六十开外的人，
只有一声声的抽噎发出，
表示他已经碎了的灵魂。

"娇儿呀，你竟忍心与我分？
现在更有谁慰我的朝昏？
这世间的事情说来奇怪：
要上了年纪的人哭后生！

娇儿呀，你何不说出真情，
只是闷着，一人受恐担惊！
都是我做父亲的害了你，
谁教我耽误了你的青春！

娇儿呀，我怕误了你终身，
才将你的事耽搁到如今；
娇儿呀，你不要埋怨我罢，
你要知道我已经够伤心！

妻子去了，女儿也已归阴，
我在人世上从此是孤零，

这样生活着有什么滋味?
等着罢，等我与你们同行!"

回答他哭声的只有凄清。
灵帏上摇颤过一线波纹，
接着许多落叶洒上窗纸，
树枝间醒起了风的悲吟。

十五，一，十九—二，十二。

尾 声

梦

这人生内岂惟梦是虚空？

人生比起梦来有何不同？

你瞧富贵繁华入了荒冢；

　　梦罢，

做到了好梦呀味也深浓！

酸辛充满了这人世之中，

美人的脸不常春花样红，

就是春花也怕飞霜结冻；

　　梦罢，

梦境里的花呀没有严冬！

水样清的月光漏下苍松，

山寺内舒徐地敲着夜钟，

梦一般的泉声在远方动；

　　梦罢，

月光里的梦呀趣味无穷！

酒样酽的花香熏得人慵，

蜜蜂在花枝上尽着嘤嗡，

一阵阵的暖风向窗内送；

　　梦罢，

日光里的梦呀其乐融融！

茔圹之内一点声息不通，

青色的圹灯光照亮朦胧，

黄土的人马在四边环拱；

　　梦罢，

坟墓里的梦呀无尽无终！

　　　　　　　　十五，四，十三。

石门集

人　生

是一张"费晓楼"；
那佳美，
面对面的，凝望着你，
凝望着五情在你的心上
波动，有如那衣褶，
节奏的，
有如那楼头的杨柳。

以外形她赝饫了凡庸；
黠慧
笔锋舔过心上似的，
也回去了……
他偷去了画师的意境……

她微笑，

讥蔑而轻松的，

为的不曾受窘于来者

向她要实质，

那唯有"一"知道的，

连她自己都疑问的物件。

向了杨柳她说：

"明智的是那来者，

不是为的看我，

看你；

他来了——

看那在心头波动起的五情。"

杨柳应该知道

毛延寿的"昭君"说了些什么……

花与鸟

　　她
美丽如一朵春花；
　　我
热烈如太阳的火——
任随我仔细端详，
　　并不萎黄；
愈久，她愈是芬芳。

　　圆，
她的眼珠像弹丸；
　　鸟，
我的心应弦而倒——
我情愿舍了天空，
　　偎着小笼，
长悬在花气之中。

歌

谁见过黄瘦的花

　　累累结成硕果?

池沼中只有鱼虾。

　　不是藏蛟之所。

人不曾有过青春,

　　像花开,不盛,

　　像水长,不深,

不要想丰富的秋分!

太阳射下了金光,

　　照着花开满地;

春雨洒上了新秧,

　　田中一片绿意。

培养生命要爱情;

　　它比水还润,

比日光还温，

沾着它的无不茂生。

哭　城

内战事实

他想爬上城楼，向了四方
瞧瞧可有生路能够逃亡，
但是他的四肢十分疲弱——
长城！他不如鸟雀在苍苍
　　还能自在的飞翔。

他的身边已经没有余粮；
饿得紧时，便拿黄土填肠——
那有树皮吃得还算洪福——
长城！不要看他大腹郎当，
　　看他的面黄肌瘦！

无边的原野上烤着炎阳，
没有一团树影能够遮藏；

等太阳在你的西头落下，
长城！那北风接着又猖狂，
　连你都无法提防。

筑城的人已经辛苦备尝，
筑城人的子孙又在遭殃……
你看罢，等我们一齐死尽，
长城！那时候你独立边疆，
　看谁来陪伴凄凉！

如今你看不见李广摇缰，
看不见哥舒的旗旄飘扬——
与其后来看见胡人入塞，
长城！你还不如倒下山冈，
　连我也葬在中央……

死之胜利

为杨子惠作

死神端坐在檀木的车中；

车前有磷火在燃着灯笼；

白马无声的由路上驰过，

路边是两行柏树影朦胧。

　车中坐着那庄严的女神；

　　两个仙女在旁。手捧玉瓶，

一只瓶有泪水贮在中央，

一只是由奈河舀的水浆。

冬青与白杨满插在瓶内，

黑斑的蝴蝶在枝上飞翔。

车子停下了在一座庙前。

庙宇便是生之神的香烟；

殿角上的风铃叮当在响——

除开了这声息，一切安眠。

殿上的琉璃灯，光亮熹微，

映着，炉烟之内，神隐黄帏。

四根大理石的柱子嵷嵷；

柱上雕刻着有力的苍龙，

寿的玄龟以及爱的丹凤，

麒麟象征的是德行尊崇。

"死神，你的来意我已深知：

有一个诗人命尽于此时——

那年少翩翩你竟不怜惜；

他今天的死限不能改迟？"

"注定今天死的莫想俄延；

阴司之内不曾有过明天。"

"人生之宴他还没有品尝；

也没有逢迎衷曲的女郎；

他的亲戚，友朋都在人世……

冷清清的，教他怎去冥乡？"

"人生之宴！我问，宾客是谁？

你看，豪士，贤人枵腹而归；

只有猛虎，肥猪嚼在堂上……

不应招的倒还免得身危！"

　　"他的诗才已经开放花苞，

　　可以结成果了，再去阴曹——"

"没有诗篇不是充满苦辛；

世间最多感的正是诗人。

与其到后来听他诅咒你，

何不放他现在入了坟茔?"

"固然，生并不美满像天堂；

比起死之国来，它总远强——

它有热的阳光；温暖的爱；

作对的莺儿嗬弄着笙簧；

　　飞蛾迷恋着灵芝的烛花；

　　蜜蜂在花海内整着排衙；

雨天，唤着求匹配的斑鸠；

五彩衣的雉鸟飞过陇头；

绵羊欢乐得拿角尖相触；

鹿引着雌鹿在林中遨游。"

"树的浓荫只是等着秋风；

镰刀在谷田上闪过钢锋。

河水入江，江水流入东海——

芸芸的众生奔赴去冥中。

　　生好像晚霞，那光彩，新鲜，

不到多时，便将灭没西天……
那黑衣的夜神与我无殊，
她降临时，众生入梦鼾呼——
一旦，星作灯光，乌云作被，
他们要长眠在我的幽都。

奈河里是烟膏色的水波
迟缓的流动，像汇漆成河；
一片天空总是半明半暗；
骸骨般的白草竖立斜坡。
　　在这河边，世人贵贱皆忘，
　　乞丐之前，泰然卧着君王；
元宝乱堆在富豪的身边，
贼在一旁，并不思想那钱，
他们知道，在冥国之境内，
无用场的财宝不抵安眠。

诗人来的道路各自不同；
今天这个少年任他去从——
叹息华亭鹤唳的人，陆机，
他与谢朓是枭首在市中；
　　饭颗山的杜甫终世饥荒，
　　白酒，黄牛，一朝胀得身亡；

屈原，挟着枯荷叶的衣衫，

拥身投入汨罗江的波澜；

李白，身披锦袍，跨在鲸背，

乘风破浪，漂去了那'三山'。"

大柱之间忽然现出疫神——

如柴的骨架上盘着青筋；

手握赤蛇；肩上一个黑袋，

惨绿色的光辉闪在周身。

　　疫神与死神并立在殿堂；

　　依稀有一黑影来了身旁……

黄色的帏幔间扬起轻风，

有一声叹息低，灭入虚空。

铜炉里，香烟舒徐的上袅；

琉璃灯的火入定在微红。

凤求凰

拟作

　　我像匠人

　　　冶铜制成圆镜。

　　镜背上雕着鸳鸯——

　　　没有花黄

　　拿起来端详容光。

　　　我像羲和

　　　用香料熏花朵。

　　熏成了一朵珠兰——

　　　没有青鬓

　　将此花佩上金簪。

　　　我像乐工

　　　竹管上穿音孔，

参差的骈作了笙——

没有朱唇

低吹出求侣之声。

岁　暮

在这风雪冬天，
幻异的冰花结满窗沿，
凉飙把门户撼——
饮酒呀！
让我们，对着炉火炎炎，
送这流年！
在这瞬息人间，
蜡烛无声的销下铜签，
烛灭众宾随散——
高歌呀！
把哀弦急管催起筵前，
消这愁煎！

无 题

只需有女郎

伸来手指温柔

轻抚这诗章

与创疣……

此外我更无所求。

只需有女郎

为它一笑含羞，

笑声似笛腔

与鸟讴……

此外我更无所求。

只需有女郎

为它热了双眸。

珠泪洒篇旁

与卷头……

此外我更无所求。

生

不要夸阆苑景物辉煌，

金殿上有黄金的太阳；

　　它不如故乡——

　　虽然故乡

　　只余一片荒凉。

也莫愁冥国雾气迷茫，

远处有风声颤在白杨；

　　只需有女郎——

　　偕了女郎，

　　地狱都是天堂。

恳 求

天河明亮在杨柳梢头，

隔断了相思的织女，牵牛；

　　不料我们聚首，

　女郎呀，你还要含羞……

好，你且含羞；

一旦间我们也阻隔河流，

　　那时候

　　要重逢你也无由！

你不能怪我热情沸腾；

只能怪你自家生得迷人。

　　你的温柔口吻，

　女郎呀，可以让风亲，

　　树影往来亲。

唯独在我挨上前的时辰，

　　低声问，

你偏是摇手频频。

马缨在夏夜喷吐芬芳，

那浓郁有如渍汗的肌香，

连月姊都心痒，

女郎呀，你看她疾翔，

向情人疾翔——

谁料你还不如月里孤孀。

今晚上

你竟将回去空房！

冬

冷气中蜷缩着枯的枝条。

三片两片黄叶枝上飘摇；

南飞去的歌鸟留下空巢——

　　树儿静悄；

　　它正梦，

　梦着初夏今宵。

只有白的浓霜铺遍寰中；

只有一轮冷月悬挂天空。

肌如雪的嫦娥独宿深宫——

　　月儿懵懂；

　　她正梦，

　梦着丹桂香浓。

悲梦苇

像一声鸟鸣，
在月如银的夜间，
低，啼过幽谷，
高，叫在云边；
辽空是你的家，
哀音受自苍天——
不说眠了众生，
有谁听你发歌声；
就是鸦雀在枝头谛听呀，
孤鸟，
你也怎得流连？

招魂辞

不怕巨灵般的薄暮云霾

天际行来，

将径封埋，

荒郊之内我们燎起神柴，

照英魄归来！

赤焰熊熊照见狠豹凶豺，

阴飍飍飚飚；

火舌虽歪，

终将星点向四野远喷开，

引壮士归来！

黄河作酒浆，拿九鼎浓醅，

浇到泉台；

焚化冥财；

睡狮屠死，烹成肴馔相斋——
    祷灵魄归来！

母亲的双泪洒落下双腮；
    一片深哀
      盘踞胸怀；
她在战场上拿声调高抬，
    唤儿子归来！

困魂的车前有六龙齐排，
    纷拥而来……
      彗星耀白；
国殇之鬼在崖谷中散开，
    寻国士归来！

愤外逼强邻，愤国事日乖，
    转战九垓，
      白骨皑皑……
为民生国利虽丧形骸，咳！
    魂魄速归来！

田野萧条，只余老弱，童骏，
    更乏雄才

为国祛灾……
你们到母亲的怀里投胎，
再一度归来！

血红的火忽然绿似莓苔；
时猛时衰……
声过蒿莱，
是衔枚的骏马，奉了神差
送国士归来！

泛 海

我要乘船舶高航
　　在这汪洋——
　　看浪花丛簇
　　似白鸥升没，
看波澜似龙脊低昂；
　　还有鲸雏
戏洪涛跳掷癫狂。

我要操一叶扁舟
　　海底穷搜——
　　水黄如金屋，
　　就中藏宝物；
水蔚蓝蕴碧玉青瑮；
　　沫溅珍珠；
耀珊瑚日落西流。

我要拿大海为家——

　月放灯花；

　碧落为营幕，

　流苏缀星宿；

绡帐前龙女拨琵琶，

　酾酒高呼，

任天风播入无涯！

洋

瀑布只知喧嚣它的长舌；

湖泽迁滞；小河跳过白沙，

浅才及绿氲氲下的竹爪；

大江，似蛟，挟石冲下雪山，

穿镗鞳作声的暗洞，深穴，

乱山中撞开一峡，到平原，

宽广，舒徐的始流入东海——

唯有，洋！终古你面对碧空，

挟南极雪岭冰峰下的水，

辉映着棕榈，鳄鱼的炎阳，

在北斗光中扇白风凌乱。

你吞有天下之半而无声；

紫浪，雍容的，涵养十万里。

当鳌掉尾在百纪梦回时，

大地惊颤，张开口吻无底，

将胆色之涎,将赤焰狂喷——

但是你无损。你流览鲸树

吐发着珠花以为乐;珊瑚

林木般茂生在你的山,岛——

帝王家一茎已为宝,真穷;

还有珍珠斗大,莹圆似月,

悬在龙宫;宫前来往星鱼……

谁料到,你竟能包罗珍怪

在连天一碧中?更足惊奇,

你胸藏有太古来的秘密——

曾在共工断柱时你窥天

得其玄秘;及后女娲补罅

以肖七色虹的彩石,她思

启示地子以开辟之奥义,

乃日留金孔,银的在夜间,

雷雨时,画蝌蚪形的文字……

终惜地子目弱不能穿光,

愚蒙又不识字;茫茫万载,

解宇宙之谜的竟无其人。

洋!唯你认识天国之璀璨;

风,雷,水,火的变化与循环;

地之运周;生命有何归宿……

我愿,在乌云幕遮起太空,

人间世只听到鼾呼时候,

伴你无眠,潜行峭壁危岩,

听你广长舌的潮音自语!

天　上

天上摇曳着一片云，
我不好穿，我不好穿……
我是泥同土里起的人，
我只能望了她舒展，
在太阳前面舒展衣衫。
石上流出了一股泉，
我不敢饮，我不敢饮……
我的口肮脏，自己羞惭；
我只能让那花去亲，
去亲泉水的纯洁之吻。

那夏天

你莫忘了那夏天，连大地
　　都浑身闷热的时光；
你莫忘了路边的那老栗，
　　为了你他洒下阴凉。

离开他你去了——天真，美丽，
　　你穿着贴肉的衣裳——
离开了他，你上前去寻觅
　　池水边的一圈刺蔷。

未离开的时候——你须忘记——
　　有毛虫跌落在鞋旁……
听每天的午钟，你莫忘记
　　那夏天的一树风凉！

祷　日

是曙光么，那天涯的一线？
终有这一天，黑暗与混浊
退避了，那偷儿自门户前
猛望见天之巨日而隐匿
去他的巢穴；由睡梦中醒
起了室中的人，行人郊野，
望宏伟的朝云在太空上
建筑黄金的宫殿，听颂歌
百音繁会着，有如那一天，
天宫上，在光轮的火焰内，
凤凰率引了他们，应钟鼓
和鸣？

这真是曙光？我们等，
曙光呀，我们也等得久了！

我们曾经看到过同样的

一闪，振臂高呼过；但那是

远村被灾，啼声，我们当作

晨鸡的，不过是"颠沛"号呼

于黑夜！这丝恍惚的光亮，

像否当初，只是洪水东来，

在起伏的波头微光隐约，

不仅祛除无望，且将挟了

强暴来助黑暗，淹没五岳

三川，禹治的三川？

    如我们

是夜枭，见阳光便成盲瞽，

唯喜居黑暗，在一切夜游

不敢现形于日光下之物

出来了的时候，丑啼怪笑——

望蝙蝠作无声之舞；青磷

光内，坟墓张开了它们的

含藏着腐朽的口吻，哇出

行动的白骨；鬼影，不沾地，

遮藏的飘浮着；以及僵尸，

森森的柏影般，跨步荒原，

搜寻饮食；披红衣的女魅

有狐狸，那拜月的，吸精髓

枯人的白骨，还要在骨上

刻画成奇异的赤花，黑朵，

作为饰物，佩戴在腰腋间……

哪便洪水来淹没了我们

也无怨：因为丑恶，与横暴，

与虚伪，本是应该荡涤的。

但燧人氏是我们的父亲，

女娲是母，她曾经拿彩石

补过天，共工所撞破的天，

使得逃自后羿箭锋下的

仅存的"光与热"尚能普照

这泰山之下的邦家；黑暗，

永无希望再光华的黑暗，

怎能为做过灿烂之梦的

我们这族裔所甘心？

日啊！

日啊！升上罢！玄天覆盖着

黄地；肃杀的秋，蛰眠的冬

只是春之先导；漫漫长夜，

难道终没有破晓的时光？

如其是天狗……那就教羲和

惊起四万万的铜镜，战退

那光明之敌!

日啊,升上罢!

扪　心

唯有夜半，
人间世皆已入睡的时光，
我才能与心相对，
把人人我我悉数端详。

白昼为虚伪所主管，
那时，心睡了，
在世间我只是一个聋盲；
那时，我走的道路
都任随着环境主张。

人声扰攘，
不如这一两声狗叫汪汪——
至少它不会可亲反杀，
想诅咒时却满口褒扬！

最可悲的是

众生已把虚伪遗忘；

他们忘了台下有人牵线，

自家是傀儡登场，

笑，啼都是环境在撮弄，

并非发自他的胸膛。

这一番体悟

我自家不要也遗忘……

听，那邻人在呓语；

他又何尝不曾梦到？

只是醒来时便抛去一旁！

幸　福

幸福呀，在这人间
向不曾见你显过容颜……
　唯有苦辛时候，
无忧的往日在心上回甜，
　你才露出真面，
说，无忧便是洪福——
等你说了时，又遮起轻烟。

　有时我远望天边，
向希望之星挣扎而前；
　一路自欣自喜，
任欺人的想象幻出凡间
　所无有的美满……
　到了时，只闻恶鸟
在荒郊里笑我行路三千！

何必将寿命俄延，

倘若无幸福贮在来年？

不过，未来之谜

内中究竟藏了什么新鲜，

有谁不想瞧见？

因此我一天有气，

一天也不肯闭起眼长眠。

我的心

你不累么，我的心，
这般劳碌着时刻不停？
万物中只有你与流水
不曾在夜里寻过梦神。

你不累么，我的心？
你向来没有发过怨声……
唇与舌终天摇个不住，
何尝又对你谢过殷勤？

你不累么，我的心？
像娘对儿女好歹不分，
向了四肢你输送血液——
不论是治伤或是行文。

　　你也累了，我的心；
六十年之内尝遍苦辛，
你到底停了，长眠地下……
但是胞胎已化作儿孙。

愚　蒙

世间的罪恶算愚蒙最大。

只看战争。世人不顾性命，

高呼着爱国呀爱国，把刀

插进敌人的胸膛；再不想，

他，也像自己一般，有赤心，

跳荡着五情六意的赤心，

他也是为了家国致性命。

不便自家中了枪弹，睡卧

土壕中，在如雷的炮声下，

听同伴们倒地，呻吟；这时，

自家最后的抽搐也倒了……

他猛然想起家乡隔千里，

父母年高；儿女尚是蒙昧

无知，但"孤苦"的罡风已将

刮进他们渐开的知识中……

那时，他想到并无有亲族
来送终，只有自家一样的
伙伴，朝不能保夕的，为他，
并为自己，飘下一丝眼泪
相送；那时他能不伤心么
能不伤心？这一对牺牲者
如若知道，四海中的人民
都是人类，什么事要商量
尽可以商议；只需拿贪欲，
霸道摈除了严防着耳中
蛊惑入强暴、奸诈的言语，
在他人吹的号声中，他人
敲的鼓声中不去抛热血——
只是在澄清的天下，自家
与邻国的自家面对了面
商量，以同情中孕育出的
明智来商议，那时候，悲惨
又何从出现于人世间呢？

相　信

遇到人不能够便说真理，
有时候实在要拿它藏起——
是真话又何妨到处说明?
不过听的，他要作何居心?
　　现在，我的人哪，
　　我来告诉你!

有的话你听到会羞，有的
也能拿怜惜由心上勾起。
我是怕怀疑之猬用针毛
来乱刺心;那时，我要奔逃，
　　我要，我的人哪，
　　逃来靠着你!

神与兽盘踞在我的心里，

它们争上风，我经当不起。

那兽，旁的不怕，我只怕它

教我疑心神与它是一家；

    那时，我的人哪，

    我要依赖你——

我一瞧见了你也在心底

有神，勇气便会立时鼓起；

那刻，怕它什么鼹鼠、豺狼，

反正怀疑之猬离了身旁……

    我的，我的人哪，

    让我相信你！

希　望

当日，我因为现在不能满
我心中的预期，拿它撩开，
朝了新方向，重寻那一反

前恶的今，好让关在胸怀，
哀哀哭着要奶浆的心脏
能安睡下去；哪知这一来

已经十年了，只寻到失望——
失望，那个橡皮似的东西，
落到尘土中了，又能跳上

头来，变成希冀；如此不疲，
一直高下的慌张了十载；
现在精疲气竭，落进淤泥

里边去了，不再充是能开
口胃的画饼，河那岸的梅，
能解口渴了。心哭着无奶，

早已焦死在胸头；只剩灰，
苍白的——还包着一团温暖——
偎在骷髅里，等到风一吹，

雨一淋，它便要飞入辽远，
永无踪影了……不能，那不能……
今与未来所欺卖的不单

我一个人而已；芸芸众生，
他们被甘言巧语所笼哄，
总有恒河沙数了——有些人

到头来不悟他们在荒冢
碰上了死神的骨架，都还
争说是这不曾枉费纷拥。

苦辛了六十年，在鬼门关
前面，还是抓住了那希望；
有些人，长着口不会言谈。

心头的苦申诉不到唇上，
只能，含着眼泪，去找近邻，
那便是蝼蚁，缄默的榜样……

不能，为了后来的，我不能
不扬起这被欺者的咒声！

镜　子

美丽拿装束卸下了，镜子
　　知道它是真的呢还是谎；
　　对着灵魂，它照见了真相，
照不见善，恶——人造的名词。

不响，成天里它只是深思
　　又深思……平坦在它的面上，
　　以及冷静，明白；不见往常
那些幻影，与它们的美，疵。

一个省城

江水已经算好了，喝井水的
多着呢。全城到处都是臭虫，
卑鄙的臭虫。最销行日本货，
价钱巧，样式好看。菜蔬与肉
比上海贵。夏天，太太们时兴
高领子……还不曾看见穿单袍
没领子的男人。通城的院子
有一个树木多——那是教会的。
大学租用着圣保罗的旧址；
每到春天——想必真是
Spring fever——
定必要闹风潮。东门的城墙
拆了一半，还有一半剩下来；
城外有茅房，汽车站。

是前天

立的秋；像大雨一样，凉风在

树堆子里翻腾着。我凉醒了，

躺在床上，想起 Havelock

Ellis 的 *The Dance of Life*，恭维中国的古代，

说那时知道艺术的来生活……

这班外国人！他们专说几百，

几千年前的腐话！

一阵早钟。

一声儿啼，由外边送了进来。

我出了神靠在床上，思付着。

动与静

在海滩上，你嘴亲了嘴以后，
便返身踏上船去开始浪游；
你说，要心靠牢了跳荡的心，
还有二十五年我须当等候。

热带的繁华与寒带的幽谧，
无穷的嬗递着，虽是慰枯寂——
你所要寻求的并不是这些；
抓到了爱，你的浪游才完毕。

在回忆中我消磨我的岁月；
火烧着你的形影，多么热烈！
不必寻求，你便是我的爱神；
供奉，祈祷他，便是我的事业。

雨

唯有从内地来的到如今

才看见"虹"。

        正式的在落雨。

为了买皮鞋油的缘故，我

走过去了四川路桥。

            车辆

形成的墙边，有竹篱围着

一片空地；公司竖了木牌，

指明新屋所移去的地点。

没有尾声的喇叭唤过去。

雨落上车顶，落上千佛岩

一般的大厦。它没有沾湿

那扭腰身的"贾四"；那灯光

也仍旧贴了白磁在蜷卧。

如今已是七年了……梅怎样？

那一套新衣裳总该湿了……

柳浪闻莺

军阀的楹匾点缀着钱王祠。

水磨砖的月窗上雕有云彩，
双龙戏珠……"这是一幅好图案。
同声的我们说。

　　　　"功德坊"前面
是"柳浪闻莺"。鸟儿已经去了；
那细腰的柳树却还在弄姿。

浣女在湖边洗衣。

　　　　兵士淘米。

误　解

朋友！（抽象的，你或许要瘪嘴，

说我在侮辱这名词的尊严，

在侮辱你。不然！梅仍旧是梅，

虽说做了中国的国花……可怜！）

那无稽之谈你怎么好相信？

这个并非是为我；这是为你——

里外透明，纯粹的，你像水晶，

怎么好让"不仁"来将你蒙翳？

（原来都是你的，那光华，纯粹，

就说我是翳，你又何必担忧？

夜气尽管腾，猫头鹰尽管飞——

那众星，它们受了损蚀没有？

我要真的是翳，你正该安静：
在良心上，那罪名自然会啮，
自然会时刻的不给我安宁，
好比那害虫在花心，在树叶。）

异常的环境与异常的行为
好比树根，树叶；你不要看我
外面沾了污泥，那金屑，金灰，
蕴藏在内的，谁敢拿它溷恶？

或许有人拾起矿石去冶炼，
永不凋残的，镂成了一朵蜡梅……
当然，水晶的实质当然不变；
但是，那一时的翳，你不追悔？

风推着树

风推着树。
　　像冬天
一片波涛
　　在崖前。

吼声愈大。
　　树愈傲——
风推不断
　　质地牢。

枝干盘曲
　　像图画……
寒带正是
　　它的家。

夜　歌

唱一支古旧，古旧的歌……
　　朦胧的，在月下，
回忆，苍白着，远望天边
　　不知何处的家……

说一句悄然，悄然的话……
　　有如漂泊的风，
不知怎么来的，在耳语，
　　对了草原的梦……

落一滴迟缓，迟缓的泪……
　　与露珠一样冷，
在衣襟上，心坎上，不知
　　何时落的，无声……

春　歌

不声不响的认输了，冬神
收敛了阴霾，休歇了凶狠……
　　嘈嘈的，鸟儿在喧闹——
　　一个阳春哪，要一个阳春！

冰面上已经笑起了一涡纹；
已经有蜜蜂屡次来追问……
　　昂昂的，花枝在瞻望——
　　一片瑞春哪，等一片瑞春！

好像是飞蛾在焰上成群。
剽疾的情感回旋得要晕……
　　纠纠的，人心在颤抖——
　　一次青春哪，过一次青春！

收　魂

　　地上一条驴子将丧残生，
天上瘸下来了太白金星。
总统也是注定今夜身亡——
他想，收了驴子再去府旁。

　　此刻他的脾气十分不好，
昨天的事仍旧使他烦恼；
因为，衙门里面欠薪无钱，
那收魂的布袋用了多年，
都不换个新的，昨天烂通，
他一点不知道，仍在袋中
塞下当晚所收到的阴魂，
这些阴魂里有一个文人，
瘦弱如柴的，在半途漏下，
这文人的分量既然不大，
所以由窟窿里漏了之时，

那驮袋的老人一毫不知，
等他到了灵霄宝殿上头，
点数魂魄，方才知道缘由，
此刻，玉皇王母恰巧不和，
因此报上殿时受了申呵。

　　一面蹒跚着，他一面唠叨：
"死了驴子也要亲走一遭！
闲散的张果老常有驴骑——
我这忙人偏拿脚当驴蹄！
只收魂魄，自家老不死掉……
一闭眼睛，谁还怕不公道？"

　　如今他正走过郊野中间——
大平原上卧着夜之白烟；
馒头样的坟墓映着青磷。
柏树围着，好像一些死人；
在辘轳井边，狗低声叫唤。
它晓得是神道来了宅畔。

　　向了门神，金星说出来由；
门神对他熟人样的点头，
因为白须使者十天以前
来收过一闺女，她是轮奸
身死的，不幸呀，这个家门，
丧了女，又要丢得力之牲！

223

进了大门，他便走去厨房，
找那司一家之命的灶王。
灶王揉开了烟熏的红眼，
涎水流满胡须，流满黑脸；
他见金星不几天又前来，
怕是玉皇大帝放的钦差
来查克扣芝麻元宝一案，
在神龛上不觉慌得尽颤……
等到金星说明来的缘由，
他才散了满肚皮的忧愁。
"天还没有亮，这畜生就闹——
收了它去，倒能睡个早觉！"
冒起火的金星，眼皮一翻，
说是灶王的话用意双关——
不亏司命心虚，忙认失言。
两员老将怕要鏖战厨前。

努着嘴唇，金星行过纸窗。
他听到母亲在梦里悲伤，
一时刻抽噎，一时刻呓语；
父亲打鼾……没有忘记闺女，
不过他整天里挖地，锄田，
所以夜中石头样的酣眠。

驴子也酣眠着。他在梦中

还是遮了眼在磨旁做工……
他在胸上觉到金星伸手，
还以为是主人催他快走……
不知生命之磨他已转完，
催他去是见天帝，见天官。

　　上路以后，走了一些路程。
老者便将布袋扔在街心——
"这个畜生，比那富翁还重！
把我的肩膀压得真酸痛！"
"你自家的身体知道关顾，
旁人你就任意抛上石路！"
老者闻言，气在心头直冲；
胡须抖着，有如吹过轻风：
"你这不知价的长耳畜生——"
"我的听官无须加以讥评。
双耳垂肩，正是大福之相；
不是贵人，还没得在头上。
拿它作扇，蚊蚋见而远避，
不须再去杭州找舒莲记。"
"当真！天生的好毛扇一双；
加上你的纤步有如女郎——"
"谁教他们拿铁皮来包我？
天足，我知道，是十分洒脱。"

"还有你那解放了的声音——"

"至少它强似单调的凤鸣。

得意之时，不妨引吭高歌，

哪里顾得音韵不甚谐和！

事不公平，我也身历不少。

今天并不是我初次受恼——

任人都菲薄我，说是脸长；

有谁笑洪武？他原是圣皇！

隆准的汉高祖谁敢鄙笑？

我的长脸偏生受尽讥诮！

狼，狗，熊，他们都做了天星；

留下我一个在世间苦辛。

孟浩然骑我得诗句梅边；

张果老倒骑我游戏人间——"

"好罢！我也骑你归去九天。"

说着，太白金星跨驴腰……

于是，驮人的命死也难逃。

两　行

好些人恨你，诅咒你……

有一个，我知道，感激。

四 行

1

斑鸠，掩了口儿，正在啼哭；

　竹签上有钱纸飘飘；

一树冬青，只见叶儿低覆。

　那树桩是长在阴曹。

2

完结了，这丑陋的生活！

这个你不能责备环境……

除了人，环境还有什么？

唯有懦夫才责备旁人！

3

人性，当然，人类要重视——

超越的古圣

牺牲了自我，为着今日……

　　将来呢，大神？

4

鱼肚白的暮睡在水洼里。

在悠约的草息中做着梦。

云是浅的，树是深的朦胧。

远处有灯火了，红色的，稀。

三叠令

1

我还是一个孩子，

　　沙滩里盖着楼房。

忧虑的常时自思

我还是一个孩子。

不能建国福来兹，

　　只知道堆砌文章……

我还是一个孩子，

　　沙滩里盖着楼房。

2

有一个惊心的真理，

　　说出来你满口否认。

包围着你，渗透了你，

有一个惊心的真理。

如同地面上的空气，

　　永恒的，却无臭无声。

有一个惊心的真理，

　　说出来你满口否认。

回环调

为了开垦这久荒的土坡，
肩起锄去杀长虫于草莽，
流血在山岗有七十二个。

多事的家门尚不知悔祸，
只听见鸡鹅随了人扰攘……
有谁想到这久荒的土坡？

"贫穷"与"灾难"在檐下做巢，
黑色的啼声一天天尽忙；
它唤去的何止七十二个？

"紊乱"那母亲所生的"罪恶"，
向了钱庄屡次借贷银两，
抵押便是这久荒的土坡。

虽说可羞的是同室操戈，
为着要家门不典与"灭亡"，
又灭亡了许多七十二个。

还不曾看见有田畴交错，
守业的儿孙今天会回想，
为了开垦这久荒的土坡，
流血在山岗有七十二个。

巴俚曲

1

无名氏三百留得有"经"在。

《离骚》是愚人，蠢汉的言辞。

卓文君的丈夫犯了拐带

与讹诈；荣华了，谁打官司？

五斗米嫌少，小官僚告辞；

虽是闲情，毕竟难逃"酒"字。

写着《清平调》，李白真放肆

不讲臣下的礼。饿嘴丧生，

是因为诗圣饿得像针刺……

"顶离奇呀便数这伙诗人！"

无端得了山河，无端破败；

在南唐宫里袒裸着瑕疵……

靠在牢床上唱他的感慨，

传诵到如今有一些小词。
荒唐的柳三变念兹在兹，
只见他成天在院里窥伺；
为的他会兜搭，最有意思，
帮着窑姐儿把新调翻成，
棺材钱使出在她的箱箧……
"顶离奇呀便数这伙诗人!"

判过奸情案子的笔，奇怪!
居然拿起来画儿女之私；
七十岁老头子居然谈爱，
惹得女看官为他害相思……
不是在湖船上望见白髭，
这病儿怕不要将人害死!
那时节，任多少嫣红姹紫，
任如何在亭畔埋起尸身，
总不得还魂到娄江女子……
"顶离奇的便数这伙诗人!"

泖话：

诗神! 那许多为了你造次，
癫狂的，我真数不完名字；

由别人去诅咒，狂笑连声——
你却不好跟着说三道四，
"顶离奇呀便数这伙诗人！"

2

朱湘，你是不是拿性命当玩，
这么绝食了两天，只吞水，气，
弄得头痛，心怔忡，口里发酸；
还是有大题目当前，像甘地
那么绝食七十天，为了印度，
或是牛兰，为了证明共产党
舍去积极，也走得消极的路？
你的目标究竟是什么呢？讲！

别人的性命与老母鸡一般；
唯一的目标在延续下生息，
手段采用的是什么，那不谈——
你的可是鸡毛，就这么抛弃？
新中国有的是那班大人物，
用不着你这条鲫鱼做供养；
并且，你的骨头吞下了难吐……
你的目标究竟是什么呢？讲！

哦，你还不曾走过饿这一关，
这两天来你全是好奇之意，
要瞧有什么往空肚子里钻，
你好抓住，盘问它一个底细……
这个，除非是你拿"饿死"抓住；
可是，一看见了他，你也长往，
从你的口里消息无由吐露……
你的目标究竟是什么呢？讲！

泖话：

朱湘，我知道什么你都不顾，
只有好诗你是垂涎的，放抢；
你可是想做危用，想做老杜……
你的目标究竟是什么呢？讲！

3

恰好是亚吉里斯的反面——
一点刚强，其余都是孱弱；
在这大块里它时隐时现，
是百分内九十九分差错

与侥幸，一分正当相掺和。
既然是人，不能够单留着
它，扔掉了其余的那委琐，
于是，永远便不会有一天
能培养起来纯粹的自我，
在这泥水中的五六十年！

灵囚在肉里，戴镣铐，锁链；
人事饕餮它的，天性挨饿；
只是为了真诚难得遇见，
那是心甘情愿的，这造作；
要把勇气闷死了，这怯懦；
这气愤的烟，这色欲的火
炽热在胸膛里，不好闪躲；
这情感，一头在苞发新鲜，
一头又养霉菌，这么繁夥，
在这泥水中的五六十年。

照旧一般，半生并没有变，
虽说是要改革它，我发过
许多的愿心……它照常留恋
这痛苦中的欢欣，这溷恶；
它不肯，不能把自己解脱。

还有半生，难道也是这么？
难道也是两条好腿来跛；
在哭里笑；在寒冷里熬煎。

梦见完美在残缺的居所，
在这泥水中的五六十年？

泐话：

造物！你不该放虫在花朵，
如其你要的是好花，硕果——
如其你的心里也有矜怜，
你便不该把这颗心给我，
在这泥水中的五六十年！

圜兜儿[①]

1

像皮球有猫来用爪子盘弄，

一时贴伏着，一时跳上了头；

唯有爱情，在全世界的当中，

　　像皮球。

盘弄它好比盘弄老鼠啾啾。

除开游戏的，爱情还有一种——

狂暴，自私，它要兼吞下灵肉。

矛盾的是长着圆脸像儿童，

又长胡须。唯有爱情，用温柔

与滑腻遮盖起内心的空洞，

---

① 圜兜儿为 Rondel 音译，一种诗律格式。

像皮球。

2

脚踏淤泥我眼睛望天……
明明也知道它是大气，
并没有泥鳅扭在里边，
　　没有荸荠。

栽秧的农人脚踏淤泥，
口里唱秧歌多么欢喜……
　　眼睛望天，
汗珠滴进了眼眶里面。

眼睛望天我脚踏淤泥……
　　好比黑漆，
那夜云堆得多么严密，
不见有星光一点半滴。

　　眼睛望天，
我设想有星躲在云里……
虽说它黑得好比淤泥。

3　赠张竞生^①

不必做英雄，去向风磨摇曳！

虫海，虫山，这世间要有多少？

自古来的理想都埋进方窠……

闷了肚皮，只有尸虫在暗笑！

每个人都主宰有他的海岛；

不必做英雄，做事的去骚扰。

离开了你的手，美变成丑恶。

　　你挨了风磨

想栽起幸福来点缀这方窠——

哪知道长成的是断肠药草！

英雄与虫蚁都长睡在方窠……

今天又有你来向风磨摇曳！

4

　　樱桃在玄武湖上要人培养。

————————

① 张竞生：20 世纪二三十年代以写自己的性史而
活跃的文人。

进献与宗庙用不得那微小。

　　酸涩的樱桃——
祖宗并不知道，献者却难当
那惭愧与那罪名落在头上！

从前有个人采葡萄于异邦；
不需我讲是谁，你早已知道……
这一树鲜红你要好生培养，
莫让来日的人，献果与宗庙，
　　选用到葡萄！

是从你的手中有白花开放；
甜美，匀圆，这夏天便等樱桃……
你知道的，番梨何以发异香——
樱桃在玄武湖上等你培养。

5

理想，当日虔诚的我拿贽仪，
那洁白的匀圆，拜你为师长，
到如今有十年我诵读不息，
　　理想。

三年前你拿人生放在案上，
那无字的书，你说要凭自己
去领会，向别人问不出端详。

在厅堂上我诵读它，在厕里
我诵读着霎时一现的文章……
原来这便是你缄默的深意，理想！

6

　　诗神要他的香火……
无论是松枝上飞过萤火。
　　还是白雪沉沉，
那三炷的芬芳，热烈，婀娜，
　　两盏的光明，恬静，
　　总要燃给诗神。
　　看帏后的金身，
想看见诗神的一团魂魄，
　　迂泥的唯有痴人……
　　幽然映了灯火，
　　（香烟在炉里婀娜）
木起面皮的他看见诗神。

7

是一片钥匙打开了"往年"

那箱匣；有白的情，黄的诗，

翡翠的希望与水晶的痴。

光彩依然的又摊在目前。

颐和园的长廊闪映大池；

   有一片钥匙

敲得开那廊尽头的宫殿。

那夔门教那倾泻下高险，

狭隘的江水松弛了奔势，

安详的好去寻海洋，灌田——

   像一片钥匙。

8

人生是一个谜。当要紧的关头。

手搀着手的，失败与成功并立；

都向了你她们丢眼风，那意义，

靠不得旁人，要你自家去猜透。

大家辛苦酿成的该大家享受；

　　人生是一窠蜜……

莫让人夺去了，连黄蜡都不留。

闹哄哄的听众有如喝了烧酒……

如今听着假笑，假啼，他们自己

也得假啼，假笑，在散场的时候……

　　人生是一出戏。

9

上了戏台，人就该忘去自我；

那照例的言辞都早已安排……

"不许自作聪明；按着剧本，说！

　　为了全戏台。"

正是为的假，游戏性便作怪

在喉咙里。我们接受了生活，

拿一场热闹给人生，也正该。

有那替主角编的剧本，不错——

演的时候呢，你看，他可胡来？

凭了恰当的真，自然的造作，

　　他主有戏台。

10

接着人生你去踏狐步……
墙花应分是挨笑的人；
你给她双臂，给她双股，
才能算是不辜负人生。

熟人么？好。面生的？也成……
反正只有一团热在舞；
只有一丝节奏在浮沉。

非洲似的夜四面匍匐；
有期限的是这光，这声……
谁说梅女哀不识时务？
当然，她是另一种人生。

11

说自己是好人那当然不敢……
是的，弱点像蜂巢我有一身；
却是也有一巢蜜，能教他馋，
　　好甜食的那人。

如其不嫌无味的蜡塞牙根。
如其还有孩子气吃里带玩……
虽说不咸，它与盐恰好相成。

这世界如同五味有苦有甘，
要接受除非是全盘的……你能？
全好的人，如其有，未免腻烦——
　　你说是么，好人？

12

无伤害的游戏很少人会玩……
你看，船舶像白鸥凫在海里，
掉花样成了军舰，它就不算
　　无伤害的游戏。

这还是逃不出野蛮的境地；
你看，孩子淘气，不能作客观，
不单是害人，他还常害自己。

凭了假事件发抒真的情感，
让它脱离了渣滓，化成白汽：

唯有严肃的艺术会作超然，

　　无伤害的游戏。

13

"唯有钱最好"是一句老生常谈……
黄白的太阳，月亮，它们也很老。
不爱钱的人中外诚然都不少；
但是，他们也得住家，穿衣，吃饭。

在他的蹄下这世界呻吟，呼叫，
威权最大的只有一个神，"艰难"——
　　唯有钱最好，
钱能从他的手里购买到欣欢。

整个文化都是钱做后台老板——
事物都有反面的，不必说枪炮——
是谁撑起了那圣彼得的灿烂？
　　唯有钱最好！

14

凭了这一支笔，我要呼唤

玄妙的憧憬，那在心坎里
飘忽的；我要把她搂抱起，
吻，吻，把魂灵掏给她观瞻。

她要为我流泪，为我叹气，
因为那上面有愁丝络满——
　　凭了这一支笔。
都描画不尽它们的郁盘。

魂灵也自有大红的喜欢，
白的热烈……呀！要是我能以
长留住她那时为我的颤。
凭了这一支笔！

十四行英体

1

看看远方的那团烽燧

在边关百尺上扬起光华……

　　它曾经照过胡兵结队。

悄无声的骏马驰走平沙；

　　也曾经照过美人青冢。

毡帐般的天边哽咽胡笳；

　　或是降将拿重裘夜拥。

在双星之下望斗柄丫杈……

　　这疆场有如一片坟墓。

埋着不知多少名将娇娃；

　　烽火是磷在茔前飞度。

照见幢幢鬼影飘忽纷拿；

　　那悲叹着的荒原夜风，

　　有多少啾啾渗在当中！

2

或者要污泥才开得出花；

或者要粪土才种得成菜；

或者孔雀，车轮蝶与斑马

离不了瘴疠瀜然的热带；

或者泰山必得包藏凶恶；

或者并非纯洁的那瀑布；

成者那变化万千的日落；

便没有，如其并没有尘土；

或者没有兽欲便没有人；

或者，由原始人所住的洞，

如其没有痛苦，饥饿，寒冷，

便没有文化针刺入天空……

或者，世上如其没有折磨，

诗人便唱不出他的新歌。

3

除去了生活，人事，睡眠，疾病，

浪子的童年与蜗牛的老朽，

这六十年并没有多少余剩；

至于幸福的刹那，更是少有。

做不了神仙，拿我们这整世

所有的幸福由废料中剔开，

凝练成一粒丸药，缩为一日……

我们这种凡夫只好在天灾

人祸之下等候着这些刹那——

有时，让"不耐烦"硬派给区区，

有时，让"疏忽"，那疲劳的结果，

由我们的面前攫去了欢娱——

终于它到了；那长期的等待

拿我们的胃口又久已败坏！

4

只是一个醉，虽说酒有千种……

热带的葡萄与寒带的高粱；

酸，甜与浓，淡；白与绿，黄与红……

反正是一团热在肚里，头上。

有多种的热。战争便是屠杀；

不凝滞于物的爱世间少有；

权位要高，需要更多的骨架……

纯洁的热只有艺术，只有酒。

在一切的热里唯有酒最好：

一醉，你便涤清了肮脏，痛苦；
醒来时，你像蝴蝶在天上飘，
虽说是冬天，听到风在狂呼。
用不着坟墓，只需一只酒坛
封起我的灰，连了我的诗卷。

5

如其你的目力能看透衣裳，
看到膜起心脏的那层薄纸——
打印在眼前会有许多字样，
或急或缓，随了情感的手指。
如其你能看透脂粉与面具——
你会看见思想沸在头颅里，
如同一幕晃摇的电影，给予
观者的印象只是眩晕、迷离，
黑、白的魔鬼，天使你能看见；
你又能听见它们呼出的声，
这声调"如其你的眼光算尖"
有白也有黑，不过灰占多成……
都好，却并不多见，纯白，纯黑；
只有灰与模糊在你的四围。

6

没有地震，那滂佩伊故墟
便无从留下珍贵的文献。
科仑布是海盗；他的贪欲
却拿新版图加上了地面。
《圣经》撑起有千年的文化。
几乎拿盖里留给杀害——
科学酿成了地狱的批发，
都是土星见了，降下天灾。
人事的循环太难于捉摸……
建设来自破坏，善产生恶。

7

我的诗神！"愚夫听到我叫你，
都以为你是活的，生在世上——
我不也成了愚夫，如其费力
说你并不在人世，地狱，天堂？"
我的诗神！我弃了世界，世界
也弃了我；在这紧急的关头，
你却没有冷，反而更亲热些，

给我诗，鼓我的气，替我消忧。
我的诗神！这样你也是应该——
看一看我的牺牲罢，那么多！
醒，睡与动，静，就只有你在怀；
为了你，我牺牲一切，牺牲我！
全是自取的；我决不发怨声，
我也不夸，我爱你，我的诗神！

8

愚蠢的是人类，需要大工程
来制造雨具，衣裳，建筑房屋——
鸭子能这样说，凭了那一身
羽毛不沾水，温暖的白绒服。
尽管是法力无边，人类所崇
拜的神不曾有过一百只手——
那一万二千只眼睛的飞虫，
不说凡夫，便是天帝也没有。
要说人胜似动物在于群力。
他又不算是十分奉公守法——
役他物为己用的还有蚂蚁，
他把乳蜜露的牛饲养在家。
不完美，人类天生得又孱弱……

他却成了世界的主人，为何？

9

便只有这一丝向上的真诚
可贵；卑微尽管充斥着，不怕！
要在污泥之内，你踏得愈深，
才愈觉得天空是自由，奋发。
想必有人生便少不了污泥……
是在那里，人类的始祖蠕动；
怎么能在身上不带有遗迹，
虽说他也有心，望，望着天空？
好的是童年，不分善恶，美丑——
既要踏新鲜的感觉于水田，
也要不在人造的一切内守，
去滩上，去坪内吸蓝的新鲜；
美丑分辨得清楚，成年也好——
该喜欢的时候喜欢，该恼，恼。

10

向了公认为真实的君子
我要追问，有时处境离奇，

257

逼得他不能，不愿吐实词，

他是否也拿白谎来遮蔽？

护身之色许多动物都有；

便不能说人类，一种动物……

要虚伪不在世界上存留，

除非人类，生命全体覆没。

太阳并非光与热的源泉——

不信，去问冰期，去问日蚀。

人画的平行线，伸到永远，

总平行不了，有交互之时。

真并非事实也无足失望……

正该去创造的，真这理想！

11

杀得人的鸦片，医士取来

制成药，救济了许多的人——

它又拿文士的想象展开，

让节奏的文字就中驰骋。

吞服砒霜的有权臣，愚妇

由七窍中流出生命之液——

和了酒吃它的又有渔夫，

他捕鱼在渊水冷如冬夜。

人类都需要食品作营养——
百病丛生，何以都是由口？
惩羹吹齑的，古代有癫狂，
他想辟了壳来延年益寿。
事物不能说它有毒，无毒——
只有适当，不适当的程度。

12

草还没有绿过来。但是空中
膨胀开的晴已经显得异样。
竹子，冬青不见得怎么变动；
柳枝子却有了小牙齿在长。
面色已经活动了，开朗了，山，
虽说它还是硬起头的，沉静。
湖水袒开了胸口对着蔚蓝；
它的情绪在飘摇——许多游艇！
冬天，好一个冬天！过得真久。
天知道。我的身体，心也知道。
已经有人，在空树林子下头，
听不见声音，络绎的在旋绕。
又由蛰眠里醒了，希望、快乐……
都是它在作怪，无一片晴和！

13

我情愿做一个邮政的人——
信封里的悲哀,热烈,希望,
好像包藏在白果里的仁。
堆积在面前,让我来推想……
我也情愿做邮务的车辆,
跟着包封里的许多情感,
在车快的时候,一同发狂;
或者咕哝,要是车走得慢……
我又情愿做信封,来观看
接信时的许多,许多面孔,
有各种表情,变化,在开函
展读的时候,向上边纷拥……
我更情愿做侥幸的信封,
去游热带,寒带;坐船,航空!

14

啊,灵魂,我们是一对孩子——
我少不了你,你也要居所——
在人生的书里我们认字;

一同游戏；一同啼哭，快活。

春天来了。我们齐声的说：

上路去罢！路边有木槿花。

高过我们的头；草里藏躲

有金铃儿，颤鸣着小喇叭。

在沙滩里我们一起玩沙，

晒太阳；听湖水舐岸作声；

看云行在天上，水鸟在下；

湖风吹着；只有我们二人！

等到晚钟响了，鸟儿在巢，

我们也一起回家来，睡觉。

15

世上所喜欢的人便是三种。

儿童逗引起了光明的回忆，

没有忧虑，生长在慈爱之中；

又连贯起未来实体的希冀。

繁黎在世上有悲惨与痛苦。

难得的是破涕开颜能一笑——

不用药的医生，花脸的神甫，

丑角，台上，台下的，都不能少。

英雄是许多实现了的欲望——

自然的，他们到处受人崇拜。

陆续不穷的幻梦附加而上，

他们便化为一个象征、时代。

这三种人不怎么喜欢自家，

因为，离心力是人性的大法。

16

只是一镰刀的月亮，带两颗星，

清凉，洒脱，在市廛定下来的夜；

远方有犬吠，车辆奔走过街心，

寥落的；扰攘与喧嚣已经安歇。

古老的情思蓦然潮起在胸头，

以及古老的意境。仿佛有群蛙

搏动在原野内，榆柳，田舍，河流

展开在夜露之中，在山麓之下。

山灵的喉舌微语着，一条山溪。

仿佛是终古的，松柏，宝塔，寺庙；

它们并不迎迓游客，也不嫌弃

要是他来了，坐在石凳上，闲眺。

总是这么古老，悠远的，我幻想，

对了两颗星，与一镰刀的月亮。

17

是青蛙的稻田，这一片芦苇……
急剧的，水鸟在与声响接吻。
便是驴子都夸奖夜凉甜美——
柳条儿叹着气，那更是本分。
远处有火车，绵连的，奔走在
回声的山谷中，瀑布的崖下；
近处有绿瓶在肚子里作怪，
有油纸做的玩具，孩童正耍。
月亮是圆脸的白痴；在水里，
他扔下来了许多珠子，滚动。
凫过水面的蛙两条腿在踢
两条白光，顶上是白发莲蓬。
到明天再来看小荷叶，淡青，
拿没有熟的桃子画在水心。

十四行意体

1

一个一个的人，就中蕴藏

有无限的情与无限的力，

冲突着，他们掺和在一起，

再没有相谐，成美的时光……

不仁的神道大笑在天堂。

俯视着他们所手编的戏，

永远的风魔着，没有停息，

自从生命开了端在水旁。

不如拿生命去卖给撒旦……

不！撒旦便是神道的化身，

神道的反面，神道的奴仆；

尽管兜着圈子，到了中途，

他会将你抛下来，一个人，

在他们的前面，逗起狂欢！

2

我情愿拿海阔天空扔掉，

只要你肯给我一间小房——

像仁子蹲在果核的中央，

让我来躲避外界的强暴；

让我来领悟这生之大道，

脱胎换骨，变成松子清香。

核桃内丰外啬，杏仁润凉……

有的去给世人越吃越要；

有的，趁阳春飞越过山巅

那时候，生根着叶起来，慢，

很慢的……百年后他伸手爪

〔他高呼，低唤在黑夜，白天〕

要抓住那青，成年不变换，

与那硬，任风在四边骚扰。

3

我把过去摔在地上，教它：

你泥沼里去罢！本来泥沼

是你的老家；你不要再吵

闹在耳边……它却仍旧哇哇

作癞虾蟆的笑声；它紧抓，

紧抓住我的脚，两目奸狡

如蛇的钉住我。我不能跑。

我不是懦夫；我也咬起牙，

歪下头去看……我一阵寒噤：

因为这个丑物已经变作

我的模样，正在一套，一套，

变着各种的形……这时，遍身

我出汗，怒抖，整颗心像割；

我晕了……它又钻进了心窍……

4

你这藏躲在冰冻，常亏缺，

被阴影遮满的月亮当中

一个老贼呀！你趁了蒙眬

睡眼时，拿绳子打成死结，

牵了人进牢……牢里有刺血

而沸的寒冷；有恶臭烘烘，

那是癞虾蟆吐的；有苦工；

有百衲的虚伪……唉，那双阙

连云气的外表真像宫殿，

诱引得人世的少年，女郎，

你挤我的，都向牢门趱奔……

还没有天狗来咬断锁链；

只听到牢里在诅咒，发狂……

咦，愚人！他早聋了，那恶棍！

5

忽然我想起昭君，她不愿

在后宫里埋没，为了一天

荣耀，甘心用塞外几十年

牛溲马勃的生活来交换。

世间有的是那赌徒，醉汉，

色鬼，为了一刹那，肯把钱，

力消耗尽……到断气时，榻前

有"不满"仿佛在向他笑看；

"贫穷"，"疾病"整天的在身畔

守望着不离开，听他呻吟

〔鬼魂似的不作声，瞧不见〕……

有时，"回忆"也涌来；却黯淡，

不像是他那嘴曾经密亲，

他那手曾经密把的物件。

6

谁要走朝阳的路，去三山
寻不死之药，他必得拿舵
交给方士，长久望星的；莫，
切莫拿它交给童女童男……
带他们去，并非为的航船，
是为了药草深藏在寥漠，
"天真"可以看见，不须寻索，
凡人，任多么跋涉，总盲然。
去了，才知道何以那抛妻
禄的徐福情愿在东海滨
那缥缈的山上一生迤逗。
秦始皇帝可以南登会稽，
北登峄山，可惜他想靠人
寻药来替自己延年益寿。

7

那天我跨进了壮年的门槛，
瞧见人生在我的目前袒裸
无遗的现出真相；骤然间，我

瞠了目……这同梦想差得多远！
失望仍然失望；同时，这简单
示见了唯有一个同趋之所
在这世间上，那人事的繁夥
是路，那迷目的外表是遮拦。
可珍的是那梦想，我决不能
拿它舍去。它走的路与凡俗
同方向；它的归宿却在上方。
自古来，新生鼓舞起的哲人，
他不顾径中有讪笑与埋伏，
他的眼睛一直在观看太阳。

8

古代的书说，女鬼能在凡人
那想象的双目前变成妖艳
荡心意的容貌；不过到三遍
鸡啼的时候，要是还不放行，
她，黑暗之女，就会现出原形，
扑上来，抓住这人，撕成肉片。
这两面的女妖，今朝我发现，
并非虚构，她实在便是人生——
聪明的人，在幸福不告而来

到身边的时候，欣欣然接受

并享取；到了她告辞的时候，

他并不去强留，因为他明白……

可怜的是痴人：这幻影他要

留下来，他不肯听一听鸡叫！

9

我有一颗心，她受不惯幽闭，

屡次逃了出来，向过路的人

歌唱，好像孩童，在欢乐撞门

那时候，遇了人便倾吐喜气。

大了，她明白了，当时的失意

与恼怒都是稚态，别个哪能

不拿这异样之物，来得无因，

抱起来耍，或是闪了身躲避？

从此，她守着幽室，一颦一笑

只让自家看见，也只让自家

听见梦中的呓语……要知道，她

原是生物，有时免不了要叫

喊出狱中的痛苦；她却不容

这心声送到陌生人的耳中。

10

辜负了这园林中的清气，
从前只有麻雀，力竭声嘶，
依然唱不出佳妙的歌词，
与鹊鸟，流俗般披着俏丽……
今天你来了这枝头，黄鹂，
只是矜持的将你那调子
唱了，并不曾拿尾端的紫，
身上的黄来卖弄着梳齐。
在翠氛中，你如今是想念
什么？可是那凤凰的国土，
你离开不久的？诗歌之友，
你要知道，这里有那飞舞
在半空的鹰，将战声高吼，
威吓着，不容你在此流连！

11

谁都道这是沙漠，唯有骆驼，
那迂缓的沉默，在踏步前行；
前面有绿洲么，它不敢相信，

它拿袋子珍藏起泉水一勺。

"毁灭"在这里安了家：那作虐

为非的飓风是"毁灭"所亲幸，

它能立起柱子来取悦，它能

把高峰推倒了，立刻变平坡，

可钦的是穆罕默德：他坐在

天篷下望见了乐园的倒影；

他起身，上马，领着他的信徒。

一班虔诚的壮士，向那仙境

疾驰而去了……他们留下凡夫，

与骆驼，在漠中一世受天灾。

12

突然你退台了，火神鼓风

卷去了羽翼之下的词人，

《花间集》的后嗣！那些爱听

你吹笛子的有万头攒动；

他们听一缕心情由七孔

泄漏出的时候，替你酸辛……

也有人议论，说是你本身，

并非笛子，在那儿受搬弄。

我这台上的怎能不长叹，

这率尔前来献丑的弦管，

已是寒碜，又消沉了一个！

到明天，我们的来客定准

要受那一班去听《玉堂春》，

看时事电影的人们奚落！

13

这么一件残缺，连我自家

都久已灰心了的，咳，朋友，

想不到你居然来了，拿手

托起来，抚摩遍它的乱疤！

或者，风虽是吹，雨虽是打

在这个肢体上，布满了锈，

蹄子虽是来踩踩缺了口，

那实质，坚硬的，依旧无瑕。

那么，便由你放它在案上……

不！要放在书箱底下；残缺

与完整本来不可以齐排。

放它在书箱里，除你而外，

更没有人看见，省得他咧

眼睛，那时，你也替我心伤。

14

有一首诗怀在这颗心里。
教我甘心输引春的滋长
与秋的成熟来拿她培养，
培养着她的天真与美丽。
一直到生命运成了周期，
为了她，我不能容许思想，
行为的高位上坐着寻常……
我的孱弱要扶持呀，上帝！
你给我的生命，等到悔悟，
已经被稚性蹂躏得无遗——
如今又给我诗，你的恩惠！
放心：那无从补救的前非，
它在提醒我，只有一条路
在前面了……我不能再自弃！

15

不见十多年了，我们又重会，
这切肤的亲热还一似当先；
不同的是，如今我知道留恋，

在冷落中留恋着你的相偎，

这期间，有许多热已经高飞；

有许多希望已经遮起笑脸……

剩下我一人，在这空的冬天，

想着抛去的半生，忧伤，懊悔。

春天我不要瞧见它：那暖风，

会来搔我的脸皮，低声嘲弄，

说，青春，幸福，如今去了哪里！

还是你多情，又温暖，又凄凉，

不忘记我，悄然地来到身旁，

将沉滞挑动了，点燃起记忆。

16

在一场奇特的梦里，我瞧见

躯壳中化出来了一双自我——

美丽，天真，左边的她正唱歌；

右边的，光芒绕体，他舞宝剑。

那护身的白光关照到四面，

不容烦恼洒的水丝毫透过，

同时，烦恼浇上了音乐的波，

那情调更丰富，节律更庄严。

这一架的残剩我毫不关怀；

尽由你们去分了，"人生"，"破败"！

你们抓不住那永恒的一双……

虽说他们的途径各自东西，

唯有在天空上，唯有在梦里，

歌声才叫得应那剑影低昂。

17

"人世间所有的都是些圜道。

一个丢了，你还要踏上一个；

重复无聊的生命该你去过。"

"但是，有些路在阴沉下围绕；

有些搂着光明，看花思媚笑。"

"太阳亮的时候，只听你嚷渴——

冬天，你才知道，它便是快乐。"

"至少我能有回忆，照着寂寥……

不曾见过有黄鹂变作鹦哥；

天注定的，我该走这个圜道——

它便是我的生命，我的快乐；

只要它匀圆，哪怕珠子样小。

天可怜！这牢笼居然也摆脱；

我又能自在的啼，自在的笑！

18

任人去选：柔；战斗的刚。

"纱·但"是我所奉的主义……

柔软的，好比那丝绿意，

向着东风我索得了光。

那朵双瓣的红教我狂；

好比电光闪入了大气，

钻进心窍的那缕消息

给我绯红又给我焦黄。

最新也最旧，不比其他，

这主义，只需世上一天

还有活人，它决不动摇……

不信，去问那循环的草；

去问地心的那团火焰——

最好的还是，问你自家。

19　Hawthorne[①]

　如其我能有你的那座苔屋，

_____

① 霍桑，美国作家。

日里在廊前看暖色逗清幽；

晚上读书，或许，陪伴着朋友，

听栗子与柴薪对语在墙炉……

如其我能有你的深沉双目，

与但丁的一样，在蜂翼，花头

看见死去的蜂，花裸裎，颤抖，

又看苗条在已朽的根株……

如其我能像你那样，看人生

像看晚景，知道那光华，形象

只是日神在天上故弄狡猾；

只是一刹那的，那虫声似海……

等到他去了，唯有云气茫茫，

或许，好些，有一轮皓日东升。

20 寄梦苇子惠

为诗神你们牺牲了性命；

她可曾撒开手给了什么……

她一定在肚里暗笑呵呵，

蔑然望着这愚鲁的虔敬。

当然，神的尊严不好侵凌；

同时，她也是女子，在宝座

坐退了虚荣心，她也饥渴。

她也需要撑持；最爱谈心。

要伟大先得成功：要好诗，

你先得，温柔的，把她抓住；

抓住了，尽量的你不妨要，

她自然会给你〔驯服如猫，

体贴，有如杨贵妃的狸奴〕

给你变幻，光华，如月如日。

21

这条江，虽然半涸了，还叫汨罗：

这里的人，或许还与当初一样；

这白云里暮秋时令的白太阳

还照着，不知在何处，你的魂魄。

你留下了"伟大"的源泉，我庆贺；

我更庆贺你能有所为而死亡，

好比，向了大湖，蜿蜒着这波浪，

目标总不变，虽说途中有顿挫，

在你诞生的地方，呱呱我堕地。

我是一片红叶，一条少舵的船，

随了秋水，秋风的意向，我漫游。

那诗灵〔他便是我的宗主，皇帝〕

是前路如何连自己都不了然——

虽说他已经给予了鲢鲤，浮沤。

22

捧着六十块圆璧，魂灵呈献
在人生的龛上：有真也有假；
有精也有粗，那雕镂成的花
盘绕过小周的月，大周的年。
并非无量大的，这庙宇庄严……
众生的敬奉虽是全都收下，
存留的却并不多；它们悬挂
在楹柱上，或是佩戴在胸前。
不做恒河的沙，长此有圆璧
〔这是多么可钦！〕陪侍着芬芳，
光彩，恬静；长此供后人瞻仰；
魂魄也能燃着碧色的灯笼，
常来眺望往昔的辛勤，幻梦，
一直到全身颓圮入了污泥。

23

没有出息的是人，他需要热，
虽说是恼人，痛心的；那冷静，

非得无聊了，没有地方谈心，
他决不靠拢边来摇动唇舌。
虽说睡眠有妻的一切贤德。
人并不拿它作目的，只是凭
倚着它把今天的劳碌洗净，
再作准备，好享明天的煊赫。
死，日月的儿子，睡眠的生父，
有些人厌避，因为它是结束；
也有些人追寻，想着拿最后，
不可避免的冷静，改头换面，
化作最高的热，人真是可怜，
他要用罂粟花点缀满坟头！

24

潮汐的血仍旧敲开了红门
又带拢，你仍旧跳着像当初——
你并不曾死去呀！心！是何故
你化成了崖石：任水沫狂喷，
任波涛鼓着长舌雷厉的问，
你总是冷然不答，昂然而顾
那浑圆的天，在衷曲里企慕
它那尚不曾推测出的底蕴？

除非是烈火，那在你的根株

底下跳荡着的，循由了脉管，

将你胸膛里的美喷成巨花……

哪天会来与？……如今，只有砑砜

与冷漠流露在外；以及温泉，

它略为指示出了你的丰富。

25

在这个世界上，谈不到真伪，

善恶；我们只能说有美有丑——

连这个都是凭了主观，尽有

你认为是丑的能将他迷媚。

美丽必能给予愉快的滋味；

那青天，暖阳，花草，少年，享受，

就是行遍世界，他们都异口

同声地说道，这是美！这是美！

便只有这个标准，人事与人……

全真的人古代也曾经追求，

却一无所获，并且，该的，挨笑；

没有全善的人，也并不需要……

有全美的人，并能永远存留，

只要你的心上永远有爱情。

26

如其有一天我不再做小鸟，

回旋在混浊的最下层空气。

只听到人类惹是非，话柴米，

只看见人头上茂生有烦恼！

如其有一天我能化作鹰，高

飞入清冷的天；在云内涤翼；

追陨星；对太阳把眼睛瞪起，

要那无上的光明向里面跳……

下边，我看见有洋海在呼吸；

大江，小河一齐蜿蜒去心脏；

山峰挺着她的奶，孳育群生——

也偶尔自人境飞上有风筝，

向着天与日发出嗡声嘹亮，

在生机蓬勃的时候，春天里。

27

栽向你们致敬了，从前与现在

与未来的一班伟人！为着理想，

你们牺牲了性命，生趣的安享——

虽说愈铲除愈多的是那障碍。

物质差不多全被征服了；将来，

那生命，玄秘，矛盾，一面能颂扬，

一面又该诅咒的，朝了新方向

在你们的手中也要完全更改。

缩地，飞升，与许多古时的幻梦

已经创造成实体罗列在眼前——

除开一种，便是一种，长生不老……

在如此的世界，长寿并不需要，

除非只有伟人存留在宇宙间，

高擎着理想，即使摧毁了天空！

28　W.　H.　Davies

我还比你好些：虽说就世人

看来，由地位上我已经堕落

有许多阶级了……我仍旧是我，

一个作诗的，不靠贫富分等！

我还比你好些：那冷雨的绳

在荒野上围住你无由摆脱，

它还没有落上我的身，虽说

我已经认识了，风与人的冷。

我还比你好些：暮色的绝望，

那一种无凭倚，无欢的感觉，
我还没得：有心地好的朋友，
男的，女的，不单用心，还用手
来扶助——不是我，那原可忽略，
是诗，她落了火在我的身上。

29

这许多百衲衣，草篓，长扁担，
鳞比在甲板之上，有如蚂蚁
不知有多少头，漂泊于水际
一片叶，逃着不知什么灾难。
当时何必生育得如此的繁，
生下来供给宽裕人以欢喜。
替"贫困"扬眉；始终数十年里，
免不了奴事着龌龊与艰难。
有的是风浪来与生命之舟
作对……要靠纯钢，凭不了朽木，
光耀的，生命如欲达到归宿。
不能蚂蚁落水；要鲤发龙吟，
要竖起旗杆来作万里之游，
与风涛，冰雪为俦侣的大鲸。

30　Dante[①]

自问我并不是你，叵耐境遇

逼我走上了当时你的途径；

开始浪游于生命弧的中心，

上人家的后楼梯，吞着残余。

中古时代复兴于我的疆域，

满目是"紊乱"在蠕动，在横行，

因为帝国已经摧毁了，已经

老朽了儒教，一统变为割据。

你所遭的大风暴久已涣散；

污秽淀下了九层地狱，九重

天更是晴朗，九级山更纯洁……

在同样的大风暴里，我欹斜

如一只船，难得看见在云中

悬有那行星，引着人去彼岸。

31

到头来还不都是人造的偶像，

———————

① 但丁，意大利诗人。

无论是玉皇上帝，佛，亚拉，基督，
还是爱国与平等，科学与艺术，
以及任何物，凡人类所能幻想——
何必枉费了如许的钱财，信仰，
又何必去修，去登这盘曲的路，
与那牵了人不放的力量相忤，
山顶上如其只有空洞的蠹虫？
不然！那开朗与新鲜；那片江水
在日光下冒起银色的小火焰，
那白墙黑瓦纷拥着一片浮沤；
甚至于那疲乏，健康的好朋友——
这些都罗列在朝山者的面前
作天赐，宣示他以无上的智慧。

32

只是同样的山岭，回旋
在这里便增添了声价；
因为有春天留恋着它，
"美丽"也安有一程驿站。
湖里的便是岸上的山；
不过那青翠倒影而下，
在水里显得生动，变化，

像恋爱的形影在心坎。
要翠环映出白的手指……
没有山，这湖水在薄暮
由哪里去染嫩绿，藤黄？
由哪里，在山余轮廓时，
去寻这一片烟，像绡縠
在迷离的水面上飘扬？

33

三十年的旧账一笔勾销，
金贵的是光阴，不能浪费
在簿上，去查米是便宜，贵，
油，盐，菜今天是吃了多少。
三十年的经历却要藏好，
那便是你的资本，与这对
血脉，这团金不换的脑髓，
这些骨头，天赐予的大条。
自从那根脐带一刀割断，
赤裸裸的，你便来到世上。
一个渺小的单位，数目，零；
你的价值如何，要瞧环境
可排列其他的单位在旁，

还要瞧，他是如何来计算。

34

作诗的原不该生下，
应分的我受尽羞辱，
又吃世间各种的苦——
比起有些人来，还差。
诗神的侍从，我不怕
远离了做一个凡夫；
这天赐的舌头说出，
并非我的，是她的话。
旁的我并不敢希望，
只要这番坚忍，诗神
能以知道，是为了她。
我也不理会人唾骂
为一个乞丐：向神圣
只好去求，不能勉强。

35

一间房，不嫌它小，只要好安居；
四时有洁净的衣服；被褥要暖；

下雨的日子，一双套鞋，一把伞；

一顿饱餐，带水果，菜不要盐许；

旧书铺里买的，由诗歌到戏剧——

文学以外的书籍，兴到时也看；

最重要了，写诗，作文的笔一管：

它是我的生活，也是我的欢娱。

不受欢迎的是疾病，炎热，骚扰。

攘夺受我的诅咒！零星这几件，

辛苦中得来的，自己还要理会。

旁的我并不企求，也没有需要，

除了中等的烟卷，够抽一整天……

常时的在夜里；七月，冰糕一杯。

36

哼着，电车来了，好像是埋怨

兜了一天的圈子还不休息；

它走过去，好像是烘在锅底

一灶光明的火，炒菜，煮晚饭。

汽车好像是舞女滑过地板，

身披着光泽；透明的，在车里

安坐有行旅，富庶或是游戏，

照了他们的话，车开驶，停站。

火车，在夜里，呼声特别的高——
玄秘，朦胧的时候，虽是奔走
于刻板的轨道，也觉得上劲
好像是打哈欠，偶尔叫一叫，
轮船，蹲伏在水面，伸出舌头
向了高飞的月亮，向了众星。

37

给我一个浪漫事！不论是"凶狠"
与"罪恶"安排起圈套等候"理想"；
还是漂泊在远处没有人，异常。
只有原始的"破坏""创造"在混沌；
还是神仙，未来，希望者的乾坤……
只要一个浪漫事，给我，好阻挡
这现实，戕害生机的；我好宣畅
这勇气，这感情的块垒，这纠纷！
树木，空虚了，还是紧抓着大地。
盲目的等候着一声雷，一片热
给予它们以蓬勃，给予以春天……
自然不是来享福的，活在地面，
"淡漠"之领域；不过，这心在旅舍
要住六十年呀！那么，给它勇气！

38

受佑了，医药！人类的仇敌。

就中有唆使痛苦与溷恶

来蚀体，戕生的一个妖魔，

什么都降服不了，除去你。

你的祭司尽有一生不息，

守望到深夜中，以求解脱

人世间苦恼的，他们证果

为呵护四方的大小神祇。

久已消灭了，他们的肉身；

却有签，有圣水留在龛上，

百无一爽的，来超度苦难。

你的旨意也有僧侣广传，

说，有求者必应；但是自强

不息的有灵光照在头顶！

39　George Bernard Shaw[①]

神圣的喜角！望着这片故土，

———————

① 萧伯纳，英国戏剧家。

你的那双老眼或许要奇怪，

这么奇特的一个中古时代

在搬演秘斯特瑞；或许也不……

只涌现了儒家，道家的一幕

于烟雾中；以及唐朝的光彩；

以及文化的摩锐利提，存在

而没有生长，阻折了在中途。

不多时，倦人的悲喜剧将有

又一场开演；它的插剧，你看……

开闰在招手……那是狄司的门……

七级的山下，音乐也有亡魂——

脚底下是深穴，风在嗥在喊——

他歌唱着，你所熟谙的节奏。

40

是呀，亲爱的，世界是如此淡薄……

并且如此忙乱，像轮上的辐木；

越忙越热，它们在旋绕着车轴。

那便是钱财，生活的主宰，恶魔！

不要望它了，天排就的这大错……

还有另一个车轮，情感之幸福，

也是天排就的……不然，这条道路

如何去走？且不用提辽远，顿挫。

各有各的车辆，虽然是异于年代，

形体。当然，亲爱的，那制作不良，

照管不周的值得我们去叹息；

不过，谁来叹息我，谁又叹息你，

要是——当然，那决不会！——在情感上，

生活上——那可能——我们有了更改？

41

这便是战神，"破坏"的长子，

所留下的浪漫事！有窟窿，

明的，暗的，瞪视在骷髅中，

对了空虚，光亮，想着心思……

是那夜，火焰窒息到要死，

那搂抱给了你疯狂，剧痛：

还是，愤然，望着树的虚空，

再一度的，你要嫣红姹紫？

最欲旺，最繁殖了，那"破坏"！

便是太阳，都要让它一半……

这几千年的埋骨地，你瞧！

天地间的美丽，真实，良好，

都要受它的蹂躏，除非喊

叫出战声，不顾成功，失败！

42

可狂喜又可痛恨的，情感！
如其没有你，冰期在天下
尽管来往，不会有人，怕它，
由泥土之中将文化发展；
如其没有你，今日的人寰——
幸福已经在头顶上哑哑——
也不会在水中尽是敲打，
没有空手去抓住，只好看。
是由你的手中，过去生长
为现在……你还要主有将来。
冷脸的，你瞧着匹敌，理智……
他的计谋尽管永无底止；
你的也一样……宁可给破坏
得了人生——你的主权不让！

43

你这个须发皆白的老汉"寒冷"，
没有半丝生气！向着你我一看，

血液便凝滞了，在手，脚的脉管，

又传染到了伤风，可恶的疾病。

自家老朽了，来忌刻壮旺的人。

一声不响，你只是打喷嚏，吐痰……

我的头脑膨胀了；四肢在发颤；

眼睛热；握起拳头来，我蹬脚跟。

你好像外边的树木，枯槁，羸瘦……

夜里，我躺在床上，想起你不眠，

虽是盖着厚的绒被，想到这里。

我一身都温暖了。只希望永久

你便是这么躺着……那时刻，春天

是要归我与树木，还是要归你？

44

搀着自家的孩子，在这春天，

一同去晒太阳，吸花香，草息……

他抽条，长叶在温和的气里；

我上山，带着他，开朗了容颜，

又笑又说话，他是鸟声的尖，

是石卵的圆润；是溪水的急……

康健洒上了身来，一点一滴；

还有快乐，它驶荡着在身前。

循环的生长着，时与人与物。
云不见了，忧虑也已经消散……
我仰起头来，歌颂圆的苍苍。
不用知道，他自己便是"生长"！
到将来，又一遭的，他也要挽
他的孩子，在春天，走这条路！

45

这一颗种子，天用手指拿住；
除去扁圆而外更没有形象，
渺小，轻——一下抛落了在地上，
深棕色便吞进了深色的土……
土壤要是膏腴的，拿这微物
来培养，要是有春雨，有太阳，
它便会膨胀，会发育……那时光。
便是天的意旨，也不能拦阻！
有许多的伟大蕴藏在渺小。
五谷是神工。花儿肌理细腻，
喷出了浓香，将人蝶给醉迷，
树木纷披着亮晶晶的绿袍；
或是，塔一般，它的株柯十抱
将生欲高举到天的视，听里。

46

上灯时候的都市！通衢大道。

假寐于晌午的，都醒了回来；

巨大的萤放射，流动着五彩；

车辆挤着车辆，在疯狂，喊叫；

锣鼓声中的庙会，两旁纷扰

在行道上有无量数的脑袋，

给光华迷眩了，醉了……那楼台

上面的夜在深，深；有谁去瞧！

好像是崖旁，在炎热的地带，

嘶鸣着的斑马驰回过茂草。

又像是大树，头上顶着云霾，

在踊跃的炬光中；刀枪，珠宝

与血液在疯癫，铙钹在震骇，

鼓在澒洞……蛮荒的一夜舞蹈！

47

并不曾征求同意，生到世上……

号码已经印好的一张彩票

便是遗传；环境呢，已经排好——

多半的时候，命运有车在将。

听从摆布，童年是没有话讲；

学徒时代的光阴多半虚耗；

独当一面的还算时来运到。

虽说有的是口舌，劳苦，强梁。

黄金的情感，思想，快点藏起！

社会，撑着踉跄，迟慢的民船

来载人的船户，他惯会谋财。

侥幸没有被他，被风浪谋害；

得你吃够了鱼腥，"死"在江岸

又等候着……他也不征求同意！

48

一，二，三，四，五，六……因为不眠，

我用了亿兆人用的公式

来给梦神算路……七，八，九，十……

我数完了一百，又数一千……

再而三，三而四的净迁延；

但是几何，梦神他总不齿，

摆起无穷大的架子，像是

我等于零，我等于小数点……

这个难题叫我头脑发胀；

焦躁的锐角乱刺在心坎——
像是闭十的牌抓到手上；
商家在交易所赔了巨万
一，二，三，四的，兵开到前方，
心七上八下的，一只算盘。

49

不须柳浪闻莺：只要春初，
微风欲雨的时候，尽攲斜，
尽飘拂着柳条，不曾着叶——
只是许多丝线穿着香珠；
只是斋中书格旁的尘拂，
望着檀末的烟袅入深夜；
只是丝縰，在西施那一捻
如蜂的腰上，随了她曼舞。
雨不来；只有一薄层的烟
遮掩在群峰之上，是画图，
年代久了，蒙着一层云雾。
由苍璧转成水银了，湖面
已经空了游艇；薄暮的天。
是玉盒，盖下来地的薄暮。

50   Rabelais[①]

并不是因为你生在古代，
也不是因为你忽略人生——
欲望，神话中的那个巨人，
在你的书里吞山也吞海——
道院这名称你所以拿来
刻在楣上，这里面有很深，
很远的用意。还有那院名
也一样。你的书像"奥第赛"。
同时又像山羊腿的神祇
所吹的一支曲：矛盾，紊乱
沸腾在遒劲的节奏当中；
脚下是青草，顶上是太空；
在古代；乐调，许多的海船，
飘扬进了永恒的水声里。

51

横越过空间的山，时间的水。

———————

① 拉伯雷，法国讽刺幽默作家。

向你我们呼出了最后的一声……

从此我们是依然分道而行。

像从前那样，没有温柔，陶醉。

你受祝福了！……只需登涉崔巍。

月明人静的时候，你能实认

这真的我，何以到今日才肯

喊出来这最先，最后的一回！

悭吝的命运，人怎么去埋怨？

这百纪的馈受中并无美满——

何况是他拿这美妙的形象

给予我了，时光愈久愈温柔！

永别了！呈与你的只容我有

这一声辽远的，郁结的疯狂。

52 荷马

啊，盲目的先知者，看见光明

在黑暗之中，分不开，二而一；

又看见那一身两面的神祇，

与顶礼膜拜者的声调，形影。

一个声音生的，便只是声音——

你歌唱出日神所宣示的谜：

说远征的"热烈"是如何快意。

"智慧"的归家又是多么艰辛；
说人生开始于美丽的攘夺，
说人生终结在另一种美丽，
中间是风浪，屠宰，混浊，松弛……
如此，遵照了神祇们的意旨，
它完了……至于他们的那游戏，
盲人，你并不知道怎样结果。

53

云霾升起于太空了，水面
有蜻蜓低舞；喧噪着，乌鸦
像树叶在深秋旋绕而下；
草坪在风内急剧的蹁跹。
我的太阳已经行到中天——
可是，阴沉着，并没有光华，
苍白的，好像睡眠在床榻，
悄然无语的病人那张脸。
过去是一个悠久的晨间，
同时又短促；也听见鸟啼，
也看见太阳蜗行在窗上。
在如今这时候，正能默想
已逝的温柔，成灰的友谊，

以及将临的暴风雨，来年。

54　Don Juan①

或许最浪漫的你这个怪物

同时也便是最忠实于人性。

人本不是神祇，那永恒的精

超出了他的能力，便只有粗

与刹那的精为他所能，所惊——

便是神祇，人类的较大形影，

也是永恒的在舍了旧趋新，

永恒的获得不着圆满，餍足。

人与兽或许没有多少悬殊。

高越的理想永远还是理想；

好容易造作成了，又去毁灭……

赤裸裸的只留下本性，急切

要暂时的满足；是一阵疯狂，

一上了身，连什么它也不顾。

----

① 唐璜，拜伦作品《唐璜》中的主人公。

散文诗

1

"进化"走着她的路。路的一旁是山，骷髅与骨殖堆聚成的，冷得，白得像喜玛拉亚高峰上的永恒不变的雪；路的一旁是水，血液汇聚成的，热得，红得像朝阳里的江河，永恒的流动着。但是，她的道路上，她的衣襟上，她的头发上，她的面庞上，她的心坎上，是花，白的与红的。

她唱着她的歌。歌词没有一个人，一头兽，一只鸟，一条鱼，一个虫，一棵树，一块石能听懂；但是，在她的歌声之内，他们鼓舞起来了……一面，他们自食，互食。

由飞蛾一直到爱因施坦，或是飞越过赤血的河，或是攀缘过白骨的山，他们辐聚来她的身边，来瞻仰她的容颜，来膜拜，来捧呈上他们的贡品。

幸福的是他们，那些得到了她的一笑的；他们，从此以后，便有太阳的热烈与月亮的冷静永驻在他们的心坎上，以及星辰的灿烂，在他们的思潮中，声响中，以及天河的优美，在他们的姿态中。

略不停留的，她走着她的路，口里唱歌。

看不见她，何默尔扬起了歌声。在黑暗中，悲妥芬回忆着她的光华的节奏。米克朗吉娄为了她消瘦，废寝忘餐。达汶契失望了，搁下了他的已经提起有一半的笔。

向了天边她走去，向了虹的路。

尽管地震，尽管有警告的彗星撞来，她的歌声，是再也没有停息过。像天河一样，她行走着她的永恒的路，在白骨的山坡上，在赤血的河旁。

2

我颂扬一切的"伟大"！

它们是太空中的许多太阳。在它们的热烈的拥抱之下，我们生育；在它们的光华的瞬视之下，我们生长。

它们来了，一切都改变的形象。在一切之上，有"美"的光轮在灿烂。

生存在它们的氛围中，是幸福的。没有萎靡，没有迁滞，没有渺小……没有一切的"伟大"的对象。便是雷，便是风暴，它们，"伟大"的反面，也是伟大的。

在诅咒着你的声响中，同时我们颂扬——啊，"伟大"，我们爱你！

我是一片青草，我是一片绿叶。

我是小溪，我是江河里的一个波浪，我是洋海中的一朵浮沤！

绿叶落了，又有绿叶。

星宿死了，它们的灵魂，在太空之上，仍然灿烂着光明！

太阳收敛了光与热，归返到星云之内……在星云的胞胎内，又有新的太阳在创造！

啊，"伟大"，一切的"伟大"，我颂扬你们！

3

诗灵，"一"里的"一"，"光明"里的"光明"！你给了我热，你给了我智慧，你给了我坚忍；你，诗灵啊，还要继续的给我，给我更多的！

一天我又活一遍。"过去"你收藏着——给我精华；糟粕呢，你去践踏，踏在脚下！

"未来"在你的手掌中——给我，如我所应得的！

给我眼睛，好看到你的各相：我好知道怎样来赞颂你，一点不错，一点不漏！

给我耳朵：我好通盘的听见那许多的赞颂你的歌声！给我聪明：我好拿它们一齐听懂，来改善我的歌喉，颂词，来激发我的勇敢！

在膜拜你之中我骄傲。在膜拜一切的"一"，一切的"光明"之中我骄傲。给我愤恨，我好来愤恨一切的"一"，一切的"光明"的仇敌！

阴差阳错 (诗剧)

人：

　　男——画者。

　　女——他的爱人。

　　画者之母。

景：

　　卧室。

　　男躺在床上。白被单蒙起了头部。女坐在床沿。母坐臂椅中。

女　〔揭开被单，向着死者的脸瞪视了许久。拿出提琴来，站在床边，奏挽歌一曲。〕

　　哪！这是你喜欢的一曲，在生前……

　　我还记得你当时静听着的脸，

　　也是这么辽远，也是这么严肃……

　　这是最后一回了……除非在坟墓

前头，我再来奏给你听！那时光，

这一串乳白的情感在节奏上，

你听得见它这么黑色的悲嘶，

隔了一层青草的土？……你当真死，

死了？……不！我不相信！在我的心里

你还活着！这热烈，这一腔情意，

与那声腔，神色；与那许多的吻——

这些都还抓住我的肉，抱住魂，

不放，一直要到我死的那一天，

它们才会松手！并且，在人世间，

你还留下了这许多的画……放心，

我自然会保护，这些你的性命，

这些你的痛苦，疯狂。它们同时

也就是我的。到将来，总有一日，

像许多画家那样，人家会了解

你的真价。人本来是这样：黑夜

来了，他才想白天；老了，恕少壮；

画家死了，他们才会叹息，夸张。

母　用不着他们夸张，也不须叹息——

他哪里听得见？徒然苦了自己

一世，没有享过福，还要替我们

日夜操心。这么几张画，我要问，

就能够换去我的一个好儿子？

儿啊！我看见你生了，又看你死？

或者有人看中了，要买你的画，

但是，我在手里怎么能收得下

钱，拿你的性命换来的？

女　　　　　　　　　　不要哭。

婆婆！不要哭了——要是这样称呼，

我向来没有用过的，你听得惯，

我就这样称呼罢——已经有两晚

你不曾睡过好觉了，你老人家。

下午又要劳神；我挽着去楼下

歇一会，最好……

男　〔在女来盖起面部的时候，睁开眼睛。〕

　　　　　　　　路好远啊！

女　呀！……怎么！……

妈，来看，他活了，素心又活了！

母　活！

谁？素心？

女　活了！又活了！

男　二妹，你来……

女　我不行了呀……他自己没有……奇怪……口音也不

对……啊。想必是才苏醒，神气还不清爽……

男　你们是谁？

母　〔与女〕

311

素心！

男　〔有女扶起身来，靠坐在床上；母端过水来，喂他。〕

　　不敢当。这些事情可以叫喜子。

　　两位贵姓？怎么知道我的名字？

　　多么甜，多么爽神，这一杯白水。

女　这是妈。这里并没有你的二妹，

　　如其是真的，你当时的一番话——

　　你醒过来了么？这是我。这是妈。

　　不能够把自己的母亲，这三天，

　　就忘记掉了？我倒还没有改变，

　　在这三天里面。

男　我……我也是女流……

　　这位姐姐，你为什么身上发抖？

　　这里不是阳间么？我还是阴魂

　　在阴司里么？这里又并不混沌……

　　怎么？这是谁替我换上了男装？

　　这双手，怎么，与我的完全不像！

　　这是谁替我戴上了结婚戒指

　　在这里？……那绝不可以……绝对不

　　是……我是一世不结婚的；你们

　　不必来勉强我。上一回，由颜料

　　包里，我不是化服了藤黄么？这

　　一回，照样的我还是要化服它，

除非你们答应了我，一世不提

结婚！

〔想，可是取不下戒指来。〕

女　你不头昏了？

男　我的头已经不昏。

女　你刚才的一番话并不是梦呓，是醒话？

男　除非是我还在阴司里。

女　那么，这是你的戒指，现在退还。

男　这是什么意思？奇怪……

母　让我来看，

湄波，你不要忙。说来你会不信——

从前讲，凡人的寿限早已注定，

阴司里不能够增加，也不好减；

要是勾魂的鬼差，错了，在阳间

摄去了寿限还没有到的魂魄，

他们必得要放回；有时，再一错，

男魂便会复活在女子的尸身，

女魂复活在男子的。这次，多成

也许是这样。贵姓？

男　车。

母　啊，车……果然！

我猜对了：我们的“韦”字，你骤看，

不是像“车”字么？府上哪里？

男　北平。

母　原来就是本城里。现在我请您
　　把家身详细说说，要是您的气
　　已经歇过来了。不用担惊，着急，
　　这里是阳间，是北平，不过我们
　　姓韦，并非车府上；想必是还魂
　　您还错了；素心是我的男孩子，
　　前天过去的……这都是鬼差，该死！
　　误了事。

男　……不好！我穿的这是男装……
　　这怎么办？在一个男子的身上
　　我还过了魂来！啊，啊，我的灾难！
　　这一身男子的衣，我要是不穿，
　　我又明明的是男子；要是穿着，
　　我又摆开不了这闺女的羞缩
　　在心里。天哪，连死都不能自主？
　　我不要活了，偏偏还教我吃苦——
　　如其是不该我还阳的，那么，天，
　　你这番差错真是残忍的作践，
　　无论是你有意这样，还是无意……
　　我的家身么？我不情愿再重提，
　　除开了这一句，是我不要自家——
　　肯让人知道的，我又何必自杀，

在当时？每人的心里可不都是

藏着有一两件事情，只让天知，

地知与己知的？那么，请不要问

我的前世；还要请不必去追根

究底……既然做了男子了，活一天

就有一天的未了事……妈，你睡眼

蒙胧了！应该回到房里去休息

休息一下；这三天也累够了你。

我知道。湄姊，您可以坐下谈心——

不过我倦了，只好您谈，我来听。

母　你想把我们赚开么？那不能够！

你还是我的骨，也还是我的肉，

虽说魂魄不是了。虽说是声音

好像小生，又像扮须生的坤伶。

儿子是已经丢掉一半了；还有

这一半，我决不肯轻容易放手。

女　你自己才真残忍呢，怎么能说

天？不管是有意，还是无意的错，

还了魂，你只好既来之则安之；

你并不是天，能够把一切的事

按照了你心中的意思去安排。

好比，在前世，为了自己的痛快，

你自杀了；至于家里人的心境——

你的家里有些什么人?

男　有父亲
　　同一个妹子。

女　——是呀,他们的痛苦,
　　你就像是扔了尸首那样,不顾。
　　喜子想必是你的丫鬟了?

男　正是。

女　那么,你并不是没有衣穿,饭吃……
　　好生一个闺女——你爱看《红楼梦》?

男　当然! 你不爱看它么?

女　情形不同——
　　现在不比从前了;从前我不单
　　是爱看它,并且不穿衣,不吃饭,
　　整天睡在床上的看它。林黛玉,
　　不用讲,你最崇拜了? 我在过去
　　也是一样的,你倒用不着红脸,
　　不好意思。你们这一班小姐! 天
　　恐怕是一番好心肠,教你还魂
　　在一个男子的身体里,并不问
　　你情愿不情愿。好像是我,久已
　　与迷信绝了缘的,不管我愿意
　　不愿意,天又拿了你放在面前,
　　一个我爱过的肉体,可是里面。

已经没有我爱的灵魂了。

母　素心，

不要听了湄波的这番话，吃惊

到那样。脾气虽说是躁一点，她

有的是一颗真心，半点也不假。

她同我们一起吃的苦，有的是，

真是数不完的；我只说一件事

来给你听……

女　已往的事不必再提。

看来你是会画画的——

〔由墙上取来一个镜框〕

这张裸体

你以为怎样？

〔打开锁着的抽屉，取来一张没有配镜框的。〕

还有这张，乍一看，

你的脸上怕要迸出小姐的汗，

你的那双小姐眼睛怕要连忙

闭起来罢？果然！现在，你正好想

一想，那两张裸体是不是略为

有一点像我，虽说是有衣服堆

砌在我的身上？

母　够了，够了！湄波。

她老是这么唬话人……当初笑我

317

也笑得有的，在我初来到这里，

同你一起住的时候。刚才提起

要说一件她的事给你听……

女　　　　　　　　阴司

你去过了，它是一个什么样子，

你说给我们来听听看；当真有

十殿阎罗，奈河，等等，像小时候

所听见的，在书里所看到的那样？

譬如说罢，你是自杀的，在殿上

判了你受什么罪，受完了才送

你回到阳间？

男　我先起来……

母　你肚中

饿了罢？

男　有点。

女　现成的，牛奶，点心。

母　这四天里面，她很少闭起眼睛，

休息过。不是在家里，就是出去

张罗一切。刚才说的……

女　　　　　　　　记着！不许

再开口了……

母　这孩子！就是不喜欢

听人家说她的好处。你不要看

她外面是这么样热闹，在心里
　　　她才真老成呢；她浪漫在口头，
　　　不在嘴上。

男　她同我的表哥倒有……
　　　阴司与我们所想的完全不同。
　　　〔吃着点心，牛奶。〕
　　　并没有牛头，马面，与其他各种
　　　丑恶的鬼差。他们是一些声音，
　　　只听得见，看不见的；他们引领
　　　魂魄去投生，奔死。有时，也变
　　　化作山、水、鸟、兽、男、女，那
　　　只是唬话人的，安慰人的。

女　他们变作了谁
　　　来安慰过你？你的表哥，对不对？

母　人家说着正经话，你也开玩笑。
　　　再这样，不单是素心，我也会恼。

女　一个人，去过一趟阴司了，眼界，
　　　比起前世来，总该要宽阔一些。

男　阎罗有没有，我并不知道，虽说
　　　我去过一趟阴司；可曾罚了我
　　　受什么罪没有，我也并不知道。
　　　也可以说是忘记了。奈河一到，
　　　鬼差就带了我走进一个圆亭——

　　　过河去投生，便只有这条路径——
　　　亭子是赤铜铸的，有三根铜柱
　　　撑着；亭子里一片乳白色的雾，
　　　鬼差说，是柱顶上有三个水口，
　　　龙头的，它们所喷出来的。我走
　　　雾里出了亭子，把阴司的一切
　　　便都忘记了。那雾的味道有些
　　　像蜜蒸的苦瓜，一半苦，一半甜，
　　　又有些像糖溶在药汁的中间——

女　比起这碗牛奶来，你觉得如何？

男　——这雾，鬼差讲，是守亭人从奈河
　　　引来，喷下的。走过铜亭的底下，
　　　明明是还有两座圆亭子，银瓦，
　　　银柱的与铁瓦、铁柱的，我同时
　　　也看见了……我记错了？……

母　人本来是
　　　有三个魂的，所以讲"三魂七魄"。

男　那就对了。这一对亭子差不多
　　　与铜亭一样，只是没有雾；正中
　　　是水池，圆形，石砌的；水里扭
　　　动有蝌蚪。看不见鱼；龙蟠的石
　　　柱顶上有三个龙头源源的倾注
　　　白水——黑水。

女　伟大的梦在纤细里

　　蕴藏；等将来，我看你提起画笔

　　来画出这个梦！这支笔，你记着，

　　是一个艺神的儿子，真挚，超脱。

　　专一，热烈，严肃，他所留了下来，

　　给后人的；他已经驶入了大海，

　　那片烟雾的海，在生命这河流

　　所倾注进去的一端；一声说走，

　　他踏步便上了死之舟，去玄秘，

　　不容回顾的远方，与那国度里

　　那许多为了理想而鼓舞的人

　　去永久同住了。这些他所遗剩

　　下来的幻梦，哪里当得了生前

　　他所幻梦过的一半；它们里面

　　也有的，我知道，要与草木同朽；

　　但是，在他的心目前曾经逗留，

　　辉耀过艺神，屡次的，这也是我

　　所知道的。这未竟之业，要闪躲

　　它的，除非是弱者！我们由古代

　　袭承了这人生，难道，传人未来

　　手里的时候，我们能够不增加

　　即使是一点的金，一点的光华，

　　一点的向上心么？

男　湄姊！好一颗

雄壮的愿心；言词，是多么灿烂！

尽有女子的魂魄，线一样的细，

针一样的尖锐，在画家的身体

里面投生了；它织成天衣无缝

去献与天帝——一个神祇的女红！

女　我去了。

〔下。〕

母　你该信了，我说的不错？

男　信了；虽说是猛一点……几乎错过。

永言集

《永言集》序

　　洵美兄来电话，说是朱湘的第四诗集《永言集》可以由他出版。这个允许，凡是喜欢新诗的人，连我自己在内，都应该向他感谢。他还要我写一篇序，这可难住我了；因为我所最不擅长的就是写序，只好老老实实把编辑这本诗集的经过写出来，姑且当作序文。

　　这本《永言集》的题名是亡友朱湘自己定的。这时他的《草莽集》刚刚出版，他便把一九二六年到一九二七年的诗辑集起来。我拿它来与《石门集》比勘，凡已收入《石门集》的，便都删去，结果发现从《尼语》到《历史》这十九首诗都是《石门集》所不曾收进去的。

　　开端的两首，《寻》和《民意》是从《草莽集》的原稿里取出来的；这两首是他编《草莽集》时所删掉的诗。他所以要删掉这两首诗，大约是为了诗中讥讽世俗之故吧？他活在世间的时候，磨难也受够了，使得性情直爽的他也处处顾忌起来；其实，这种普遍的不指主名的骂世之作即使不删掉恐怕也没有什么要紧吧?

《残诗》和《十四行》诗是罗念生先生供给的。也许他写这首《残诗》的时候,就有了自杀的念头。

《断句》以下四篇是他散佚的稿子,前三首是用练习簿写的草书,后一首是用信纸写的。《关外来的风》是我定的题目,这一首诗好像不曾做完,也许他想写义勇军,是一首长篇叙事诗的开端吧。

《国魂》也是民族主义的诗。作者生前曾写信告诉我,要写一首《文天祥》,结果是写下这两首诗的片断。他在美国时,眼见种种不平等的待遇,他的民族思想便是这样养成的。

《阃兜儿》和《白》写得较后,是他在死前不久写的,不曾编入《石门集》,大约是为了前者是讽世之作,后者不愿意让人家知道。

最后两首都是叙事诗。《团头女婿》是与《王娇》同类的。《王娇》取材于《王娇鸾百年长恨》,《团头女婿》则取材于《金玉奴棒打薄情郎》。《八百罗汉》则与《收魂》同类。惜均只有一个开端;因为它们是遗著,所以也收在集子里。

照上面所说的看来,这本集子虽是出版于《石门集》之后,它的创作年代实在《石门集》之前,因此这本《永言集》在出版的时日上说是第四诗集(第一诗集《夏天》在一九二五年出版,第二诗集《草莽集》在一九二七年出版，第三诗集《石门集》在一九三四年出版），在创作的年代上说却是第三诗集。我个人却喜欢这本集子，胜过《石门集》，因为这集子仍保持着《草莽集》的作风，大都是些轻倩婉妙的作品，说理的诗和西洋诗气息浓厚的诗都极少。

《团头女婿》还有一部分续稿存在吴汶处，另外还有三首诗存在望舒处，我因为付印期迫，一时找不到他们，就只好这样匆匆的编订起来。

《夏天》刊落的诗是《小说月报》十七卷一号的《秋夜》和十七卷六号的《诀别》，一时也不及收在这本集子里了。

赵景深　一九三六年二月

寻

你可以寻遍天堂，
从日生的时候寻到日死：
还燃起白烛夜中去寻觅——
你决不会寻到一种东西，
　　　　假君子！

你可以游遍阴曹，
看火油的锅里千人惨死；
这些鬼魂，无论多么叛逆，
他们总远强似一种东西，
　　　　假君子！

民　意

与空气一般，无从捉摸；
亦不知抵抗，
远望去是一片青，落落
　　展开在天上……

狎弄它的要提防暴风
　　来号令一切，
凭它得到的权势兴隆，
　　随了它毁灭。

残　诗

　　湖中间忽然腾起黑浪，

　　一个个张口向我滚来；

　　劲风卷着水丝的薄雾，

　　吹得我的眼无法睁开。

　　　我独撑着这小舟，

　　　岸不知在天那头；

　　只有些云疾驰而过呀，

　　教我向谁去申诉悲哀？

　　我不能做水下的鱼，

　　　任是浪多大依旧游行；

　　我不能做水上面的雁，

　　　任是水多长它不留停。

　　　我的舟尽着打圈，

　　　看看要沉下波澜。

　　只是这样沉下去了呀，

不像子胥也不像屈平。

吞，让湖水吞起我的船，

从此不须再吃苦担忧！

（缺）……

    虽然绿水同紫泥，

    是我仅有的殓衣，

这样灭亡了也算好呀，

省得家人为我把泪流。

十五，五，卅一。

尼　语

神龛前的蜡烛它尚成双，
为甚我坐蒲团偏要孤凉？
度去西天虽可长生不老，
年华六十今人已是嫌长。

世间如若真是烦恼无边，
凡夫正该让他早去西天。
为甚观音频洒杨枝甘露，
教灾难的众生却病延年？

天帝恋那王母鬓发如霜，
别牛郎的织女泪洒衣裳。
仙界的情根尚不能断绝，
地上偏留如许寡凤孤凰。

不做布袋和尚以食为天，

不做卧佛只知日夜贪眠，

我要填起银河和合牛女，

把嫦娥挽出嫁一个神仙！

八，十二。

戌　卒

边关绿草被秋风一夜吹黄，

戈壁的平沙连天铺起浓霜，

冷气悄无声将云逐过穹苍——

　　我披起冬裳，

　　不觉想到家乡。

家乡现在是田中弥漫禾香，

闪动的镰刀似蚕食过青桑，

朱红的柿子累累叶底深藏。

　　鸡雏在谷场，

　　噪着争拾余粮。

灯擎光似豆照她坐在机旁，

一丝丝的黑影在墙上奔忙，

秋虫畏冷倚墙根切切凄伤。

儿子卧空床

　梦中时唤爷娘。

一声雁叫拖曳过塞冷关荒，

他携侣呼朋同去暖的南方，

在絮白芦花之内偃卧常羊。

　　独留我徊徨

　在这萧索边疆。

秋 风

泪垂我并不是悲的西风，
　　但悲节近严冬。
树叶在枝头惊变了颜色，
　　郊原泣着秋虫，
凄怆不由人的袭入心胸。

人寿到了中年有似交秋，
　　虽然金满田畴。
灿烂的枝柯像贵人衣锦，
　　它们都不停留
都随变幻的斜阳落山陬。

八，十五。

墓 园

就是萧萧的白杨
　　也无声：
安眠罢，你沉默的
　　墓中人。

　　　　　　　　　　　九，二。

今 宵

今宵是桂的中秋：
明月光照在清流。
原野间鸟声止奏，
剩寒蛩呜咽抒愁。

媚阳春一去不还，
色与香从此阑珊——
再不要登高望远，
万里中只见秋山！

不如趁皓月当头，
与嫦娥竟夕淹留。
莲蓬作杯子饮酒，
送归鸿飞过山陬。

九，二〇。

燕　子

天空里销了花的浓香，

大气中冷了黄金太阳：

　　鸟歌已经休歇，

　　只听秋蛩呜咽：

　　不见蜜蜂蝴蝶，

　　只有纷纷落叶——

到了如今我还不南翔，

　　翔去暖的南方。

我们分别了，闺中女郎；

你不要瞧着巢空画梁，

　　添起心头惆怅：

　　只要途中无恙，

　　春日还能相傍——

　　你看雄飞天上，

他在呼唤我疾速南翔，
　翔去暖的南方。

明年我再来伴你凄凉，
谈说海南的异样风光：
　橘在枝头垂满，
　好像红灯万盏；
　雀尾徐徐舒展；
　金钱豹卧长坂——
如今我却要辞你南翔，
　翔去暖的南方。

　　　　　　　　　　九，三〇。

呼

谁能压得住火山不爆?

就是岩石也无法提防,

　　它取道

　　　去寻太阳。

挡不住劲风,

也不能叫松;

要北风怒号,

才会有松涛

　　澎湃过

黑云与紫电的长空

一九二六,十,二十一。

慰元度

贫苦的文人两手空空，
剩一点柔情揣在当胸。
命运那强徒忒是不公，
这点爱情于他并无用，
　　都被劫林中。

朋友，那地方能息游踪？
我与你高歌阮籍途穷。
在夕阳道上同蹈斜红，
让西风卷起心头悲痛，
　　乱洒进苍穹！

　　　　　　　　　　十一，卅。

星　文

我拿笔把星光浓蘸，
在夜之纸上写下诗章；
纸的四周愈加黑暗，
诗的文采也分外辉煌。

儿　歌

我拿芦苇作枪，
你骑白须的小羊，
且来分个高下，
在红叶铺的草场。

乞 丐

尺深的白雪棉絮一般，
他在龛桌下更觉森寒。
破庙无人任风吹雨打，
佛像的眼梢泪渍斑斓。
　　不独人间有贫贱富贵，
　　神道的时运也分顺背。

遮寒的稻草加厚一层，
身边却少了一个亲人。
三十年患难帮我驮过，
黄泉路上倒让你孤行。
　　来生为畜都莫叹命坏，
　　只要不投胎重做乞丐。

有人在门外踏过中途，

肩扛着半爿雪白肥猪。

他想起炖肉浓香四散，

透红的皮与蜜枣无殊。

　　远处依稀地放着鞭炮，

　　谁不在迎接新年来到？

问

为何鸟儿胫细，

终日能立在枝头，

还把千情万意，

啭出她一寸歌喉？

我的诗

只需有女郎

用她手指温柔

轻抚我诗章

与创疣——

此外我更无所求。

只需有女郎

为它一笑含羞,

笑声似笛腔

与鸟讴——

此外我更无所求。

只需有女郎

为它热了双眸,

珠泪洒篇旁

与卷头——

此外我更无所求。

美之宫

我要修筑一座美的皇宫，

不到力竭精疲不肯停工。

华表有如双掌向天高举，

宫墙涂着万方贡的朱红。

　四方与中骈成五桥，

　臣民如水浩荡来朝。

　猛虎蝮蛇横行宇内，

　要凭天子遣将挥刀。

一线天光照我三峡而西，

阴森的林木内夜夜猿啼。

我将古柏斫下诸葛祠堂。

只有参天之木能为栋梁。

大理山中藏着石如璞玉，

瘴雨蛮烟终古罕闻人去。

我度绳桥下瞰涛浪奔腾，

晓得江流已经涤净瓀珉。

回　甘

描花的宫绢渗下灯光：

　　柔软灯光，

　　掩映纱窗，

我们围在红炭盆旁，

　　看炉香

游丝般的徐徐袅上

　　架，须是梅朵娇黄。

宾客无人不夸奖厨娘：

　　妖艳厨娘

　　糕饼当行，

嗅呀，她像樱口微张，

甜美的韶光已逝东流，

剩一丝余味袅袅心头；

在深夜梦残时候，

用回甘的惆恨慰我清愁。

小　聚

息芬芳，
那柔软又唇儿一样，
人怎不争着先尝?

西　风

芦花开满洲渚，

西风下十里白波；

　空中燕雀飞舞，

与秋叶一般的多。

历　史

你定规住在另一轮星上；

　　它旋转得真快，不比地球，

　　它看太阳在天空上滑走，

　　好像看流星在划着弧光。

　　冬天的人，等候风不再狂，

　　　　在树的骨头上不再绞肉，

　　　　那时的一种心情，你没有

　　身历过，想不到它的苦况。

断　句

有许多话要藏在心底，
　　专等一个人……
等她一世都没有踪迹，
　　宁可不作声。

小诗三首

1

睡，宝宝，睡！

你爸爸牧笛低吹。

你妈妈在摇那梦的树，

一朵梦的花落在你的铺。

睡，宝宝，睡！

2

送旧年迎接新年，

天光亮鞭炮声喧。

上年事业要下年继承，

上年过错时下年自新。

明年再过新年，

更新更好的年。

3

我的心它在高原，

    它不在这里。

我的心它在高原，

    追麋鹿游戏，

追赶着那野鹿，

    还同那山麇。

我的心它在高原，

    任我去那里。

关外来的风

从前有花香，鸟儿唱，

在树的浓荫中！

如今只听见风在狂，

那关外来的风！

黄花岗上，

葬有鬼雄；

黄种儿孙，

浩气漫空！

你快把刀磨尖，磨亮，

炼肉成铁，炼骨成钢！

汉族人哪！大家静听：

像军歌在悲壮扬声，

像野马在郊外长鸣，

喇叭远方号——

那是义士，约好月上，
南北东西，来自四方，
枪在肩头，血在胸膛，
起义作暗号！

国　魂

中国人哪，大家静听，

像大海在澎湃发声，

像高山在爆裂震崩。

喇叭远方号！

那是强邻犯我边疆，

夺我财宝，奸我女郎，

我们还有血在胸膛，

　决不可遁逃！

　快把国旗打开，

　青天不要云霾。

　白日当头，

　　赤血狂流，

创造崭新世界。

前进！那是国魂在叫，

她与祖宗在天俯眺。

男女儿孙，快去抵御强暴！

十四行

何必要叫别人了解，你自家，
　　那个陪伴着你，无昼无夜
　　不走开的人，对于你一切
都还不明白，何况其他
一班人？不如学老蚌，你拿
　　肉身藏在贝壳里，用精液
　　来培养珠子，等到同午月，
午日当面时，再数说根芽。
是他们诚然无知，哪能
　　了解你，不过他们总不作
　　卑陋的推测，那种凡夫
愚蠢无知，潦草于他自身，
　　还要自夸明达，己善人恶——
你向这种人求知？咦，糊涂！

人　性

摆脱镣铐，

不从僵死的古，入时的新——

抓住人性。

看哪，

那盖满尘垢的坟墓，

藏着往日欢笑，啼声——

墓前的茅屋

居住着农夫农妇

在老蓝衣下有天性流行。

谁能自赤豆办毒的莓实？

渡海洋不迷方向？

那无足为奇：

前人食毒莓丧命，

泛海无有音信。

从那时起真理便永久昭彰——

这两重的人性

不知酿出了多少分歧!

人是一颗萤火,

有时要暗中摸索,

不能永远光明——

但望它照得见天,

同时也映着地,

在它这短促的途程!

十六,十一,五。

神　道

世间只相信有兽有神，
　　不相信有人。
因之兽行恶蒙了假面，
　　人也要装神。

夏　夜

惺忪的月亮微睨着夜神，

林木悄然而卧不动分文。

远田内有群蛙高声笑乐，

叶底的萤光一瞥目传情。

十九，五，十五。

圅兜儿

这一篇起居注记的多详尽！
它与皇帝的也相似，也悬殊：
好处说的不多，只看见坏处；
抄袭的是，这篇也并不全真。

无产与资产，从家乡到秘鲁；
为了体统，凭着好热闹，拓情：
　这一篇起居注，
编纂时乌合了这许多翰林！
除了李煜，很少皇帝会披心：
可是多么重要，他们的鞏顾。
诗已经自迷了，我倒不斤斤
这一篇起居注。

白

白的衣衫，白的圆臂膀，
　你们多么可爱！
我要打开窗子去搂抱，
　又怕寒冷相灾。

白的剪秋罗，白的玫瑰，
　你们多么清洁！
取一枝我想伸出手来，
可惜沾了煤屑。

因为陪伴我的只有寒冷，
那柔和的温暖更教我狂；
坑陷在没有出息的溷恶，
我更歆羡着那洁净，芬芳。

但是，拨动起寒灰最苦恼；
那已死的情绪，让它安息！
我也是一个人，需要安宁，
甚于热烈，而痛苦的希冀。

让我们说别了，白色的花，
　　白色的双手——
像笛声响起了，船舶他去，
　　车也不回头。

团头女婿 （未完稿）

粪气掺了蚕豆花的暖香，

吹进莫稽住的平间草房。

鸡在邻庄刚才报过正午，

唤他放下书来做饭充肠。

四条腿的板凳，有如畜生，

在他起身时候一阵呻吟，

埋怨主人从清早到中午，

坐得它的脊梁酸痛难禁。

靠着土墙根是一架泥炉，

菜锅，饭罐，墙上挂着油壶；

棕色的偷油婆走来走去，

没料到壶中油一滴俱无。

冷菜在锅里是早晨留下，

中饭，晚饭吃的。他不能怕

菜冷，省钱正经。饭却要烧……

不多时，便听到柴火爆炸。
东庄之上，狗又喧噪起来；
他想，这是县中派下衙差，
来接钱老大，知县的文友，
去衙门里同赏牡丹盛开。
窗棂上面，拐杖敲了几声，
接着迟子，迟子听个不停……
"这是三舅来了呀!"他赶紧
跑到门口来迎接这尊亲。
拄着拐杖，还在那里揩汗；
一边喘，一边把外甥细看——
"值得！值得！我有喜信带来，
哪怕我的四肢走得发颤！
这五年来，自从你娘临终，
到你长大成人，进了学宫，
我作娘舅的再不曾忘记
把你的两桩事挂在当胸：
第一，你的亲事；其次应举。
我们都穷呀，谁肯拿闺女
嫁进这种人家？没有盘缠，
上省城去考试也是虚语……
哎哟，我的腿！不如先进房
坐下了，我再来说个端详……

你听，水都开了，快些下米——"

说着，老者将身坐在板床，

慢慢揉着左边的腿；开言：

"要不我就差午子来这边

告诉你；舅妈，就是这样讲，

何必晒着太阳去到坝前？

不过是这回的消息真好，

既有老婆，又能上省应考；

美中不足，只有一个地方——

这让你的表哥，笨头笨脑，

来同你讲，哪里得清畅？

将成的事，万一被他弄僵，

岂不罪过？因此，我趁中午，

你闲的时候，来仔细商量。

不曾说话，我要先问一声：

比方说是有人住在县城，

没有偷过别人，没有骗过，

到老年攒了二千两纹银；

就是出身低点，这个人家，

据你看来，我们是该敬他，

还是该鄙？""自然是敬他了。

做一生的屠户，有姜子牙

在八十岁时候遇到文王，

帮助父亲，儿子讨灭暴商。
樊屠户吞彘肩救了高祖；
他封王，食户，有后嗣兴昌。
范蠡他做过盐行的生意——"
"迟子，你说古扳今道老例，
很好。屠户盐贩子，这大家
不看轻；团头，那却都厌弃。
"团头？叫花子王？那是不行！
你老人家自然一片好心。
想帮外甥子寻出路；不过，
团头这门户哪里好对亲？"
"迟子，迟子，我来细说根由。
我娘舅多活过几十春秋，
有些事情，少年不曾见过，
我已经见过了；就说团头——
我娘舅诚然是文墨不通；
就说你刚才提到姜太公，
你讲他是屠户，然而大众，
连我也一向讲他是渔翁；
我娘舅胸中无墨汁，单靠
平日眼睛看见，耳朵听到
一切的事为凭——就说团头，
我们对他实在不能鄙笑……

啊唷，饭香了！我已经吃完
早晨一顿烂饭。就是口干，
你可以在炉上沏点开水，
我喝口茶，好来与你详谈。"

团头里边自然也多败类——
国君就分两种：夏桀，殷汤。
伍子胥在吴国市上吹箫，
征东的薛仁贵住过破窑，
还有郑元和他唱《莲花落》；
卑田院里何尝没得英豪。
莫稽放下饭碗，垂着脑袋，——
他恍然看出了，书本以外
见识多呢：孟子即曾有言，
尽信书不如无书倒痛快。
他抬头观看才读的那书，
有两个经师在里面纷努，
一个说是天字，一个说大——
他们消磨去大半世工夫，
这便是他们的天大之功。
两个倒罢了，将文义讲通
也是好事情，但如何举世
都掀动起重文轻实之风？

他自己就整日埋头书卷，
周身的事物向不曾细看——
若非舅舅今天，石破天惊，
叫他不要看清卓田丐院，
他真要变成功那个苍蝇
只知在窗纸上嗡嗡乱鸣，
不能转双翼由大门飞出——
他真要在行间字里埋身。
他决不能看轻乞丐：有贵
有富，他们只知窃食偷位，
不曾出这力量报效家邦，
他们比乞丐还可羞可愧，——
固然一般是腹内的蛔虫，
寄食于家国，他们却尊崇
饱暖，受人夸奖，唯有乞丐
冬天披雪絮干喝西北风。
还要遭鄙薄。他瞧着面前
放的菜饭：刚才他正厌嫌
菜冷，水下得多饭煮烂了，
如今回起味来倍觉甘鲜。
能做事的人谁肯受折磨
不去做事。乞丐当中尽多
想丢了饭钵拿锄头锯子——

丢它不掉也是无可如何。

他何不到团头家里结亲，

劝老丈拿出一千两纹银

买田，给手下的花子去种——

他自己也陪伴着把田耕：

手握滑腻如绿绸的新秧

插进软泥，完工时坐坝旁

树荫中，让凉风吹干泓水。

听鸟的啼声在天外悠扬，

从泥罐里倒出大碗凉茶

喝着，篮中取出冷饭，锅巴，

盐菜，豆腐干来吃，听同伙

讲米粮的行市，种菜，生瓜——

吃完之后，倒头卧在坡上，

把酸，累睡去。下午也同样

栽秧。等到红日衔住山头，

他就回家去。同妻子、岳丈

吃晚饭：这时候放在桌中，

有刚出锅的饭，热气蓬蓬；

豆腐，像女人的舌头，又热

又软，黄带绿是鸡蛋炒葱——

想到此，他不觉喜动眉头——

"舅舅，我情愿结这亲，只愁

有一件事他们不能答应：
我要从此不在书案停留，
我要做农夫耕田。并且劝——"
老人把书生的话头打断：
"要你全家正是为的读书——
不然，赤穷一个光身大汉，
他们在街上也寻得出来。
那个女儿又是美貌裙衩，
拜这先生，听说还能写信。
她的父亲一点也不痴呆，
要是想嫁种田的，怕如今
她早已生了小种田的。哼——
书呆子。真是一个书呆子，
她所以二十还不曾嫁人，
是等的呀。你今年二十三，
不是也等的吗？举人不难
中到，要钱上都城呀？她等
官人夫婿，你便是等盘缠。"
听见这番话，莫稽不知道
要怎样才好，是哭还是笑。
书里不能看出国利民瘼，
他刚才正想把它们扔掉，
哪晓得全家还是要书生，

要做官的女婿。不成，不成，——
这四个字他高了声讲出，
他向舅舅详细说了原因——
"哦，原来如此。你这番好意
很可敬。恰才我所以生气，
是以为你在书呆子发疯，
好了念着书，忽然要耕地，
岂不埋没了十年的苦功？
自然当今的皇帝也重农，
不过农部上书才对得住
你，同父母一番教养心衷。
倘若你不读书，第一学金，
你恃以为生的，即须让人。
我告诉你良田各人都有，
不仅农夫的列秧线纵横——
瓦匠在祠堂里铺设方砖，
一柱柱珠子的那是算盘。
你们学里人有芸窗课本，
红格子纸张上密点浓圈。
四种人都要紧。拣到自家
性情最相宜的就去作他。
好农夫自然是强似恶吏，
好官比好农夫也不相差。

诚然不可个个都有官瘾——
不过好人万一通统不肯
去做官，那时候百姓良民
就要人心惶惶不能安枕。
我们要扔去了一切头衔
来就人论人；不可听到，官，
就说这人好，或者说他坏——
评论乞丐时候也是一般。
你说不情愿做一条蠹鱼
尽活在土里，不知有鲸鱼
它那头与你的这间茅屋
一般高大，你说要做鲤鱼
跳过龙门，去那大海当中
看深青的波浪连到苍穹，
你要与那秋云去争先后，
展开鳞甲受此真雨真风——
我的来意正是如此。今天
一清早李媒婆到我那边，
说是金家亲事已经办妥，
如今只等新郎一句回言——
因为一个月前交租上县，
我无心在聚宝茶园里面
听到这金家招婿，高不成，

低不就，我当时另泡香片，
请他们过来说清楚根由——
听完了，我连忙会过茶筹，
回家去。路上我哈哈大笑，
笑掉三年来为你的忧愁。
我叫李媒婆去金家说亲——
因为不愿事情尚未讲成
来先问你，所以直到今日
确实回信有了，我才亲身
到这里来讲，这金家允许
女儿金玉奴招赘之后供与
你膏火盘缠去考试举人
进士。如此你既能娶美女，
又能封官，替百姓做青天——
那时你尽可以分拨公田
给花子种，再做包公断案，
下堂以后学他私访民间。"
如此我在学中做点文章，
月考，年考，不过无事生忙：
活像乌龟肉，黏在壳上，
要伸颈子也伸不出多长。
如今这个机缘到了当中，
还不扭开枷锁，打破囚笼，

去到人世里作一番事业，
把五年的闷气嘘进长风。
他回忆起，学友常开玩笑，
说他再等五年就能得道，
因为情根斩了。他们闲谈，
某家学友常去院中胡闹，
一回月考，出的《关关雎鸠》
这个诗题，他还酒气满头，
如何做得出诗来？他情急
智生，便抄了怀想杜芳洲
旧作的七律四篇去交卷——
老师批点出来，大加称赞，
说是"声调铿锵如听莺鸣"——
他看见时，肠子几乎笑断，
别个还以为他这样欢欣
是因为得到了浓圈好评，
后来他发酒疯，说起前事，
大家才知道了就里真情。
他们又评论同学的妻房
好丑，肥瘦。谁家喜酒排场。
闹新房的时候，谁家窘急，
谁家态度安闲，应对大方。
他想，这回自己入赘金家，

同学听到岂不都要鄙他？

一阵发烧立时冲到脸上——

"此事还得"四字已在齿牙，

又吞了回去：他想起刚才，

自家也鄙视团头，舅舅来

说出一番道理，他才明白

这是俗人之见，大大不该——

想到此，他反觉胸生恼怒，

恼他自己羞愧毫无缘故，

怒同学读过书还是俗人——

俗人说什么他尽可不顾，

"舅舅，你老人家虽说不曾

读过诗书，比起许多翰林

进士来见识却高过十倍——

我情愿到金家招赘为婿。"

"李媒婆向我刚才商议好：

你答应时我就明天清早

县城里去金家，相他女儿，

后天你到我家，等候金老，

也让他相一相外貌如何——

我猜学里他已问过许多

管事人员，知道你有才学，

只为家贫所以五载蹉跎。

这许多年我为你的亲事
不知枉操过多少心，这次
总算成功了：我就是明天
死去，到阴间会见了老四
同你的爹爹，也尽可问心
无愧他们断气时的叮咛，
不辜负你还在摇篮里面
就能'够够够够'叫得真亲。"
（说着，他拿拐杖撑起身躯——）
"我回去了。你这碗里还余
许多冷饭，用茶泡了吃罢。……
我歇过气来了，那倒无须。"

已经过了夜半，莫稽醒回——
灯檠的精光透射进床帷，
照见他的妻子睡在床里，
右边一撮发丝半遮曲眉，
她的脸上如今无怒无喜，
像泥人一样：他不觉想起
过年时候孩童玩的彩图，
当中那些美人与她相比，
真是一模一样：他同玉奴
虽说成了婚一月，他却无

机会看见她睡时的神态，
今夜听到妻子轻轻打呼，
还是初次：一边他觉奇怪，
一边他又好笑，因为现在
他眼前的玉奴比起日间，
相差之远真像天涯海外。
在这密封起的眼皮下边。
那眼珠如今是看见明天，
以往，要不就刚才她太累，
如今一无所见，只知睡眠。
不然，不然：今天那场筵宴，
她也跟着一家大丢脸面——
如今她在梦中多半重新
把日间的羞辱又过一遍……
想到这里他打一个转身，
他觉得自家的羞辱之心
与恼怒之心也腾起胸内——
他扭一扭肩膀，……这是别人
做的事，何必要他去羞愧？
叫花子今天闹满月宴会，
并不是他领来的，是金家
叔叔气那天婚席的座位
排低了，这回又不曾请他

到庆满月的筵席来，便拿
叔岳丈的身份出来大扫
老头子的脸：说我们不差
一滴滴，你当过团头，到老，
死，也还是叫花子的头脑，
不为看轻别人，你比我多
几个臭钱，并非就比我好。
一个月前吃喜酒我因何
不争呢？头一层，这位大哥
很和气，我不忍心第一晚
替他掀起不吉利的风波；
第二层，你当年让我承管
叫花子——虽然你贪心未满，
要从例钱里面抽丰两成，
一文不松，一刻不容稍缓，
追着要。天生我是叔丈人，
你们再逃也逃不去此名——
到此他狠狠盯莫稽一下，
接着说了些话不分清溷。——
莫稽实无此意，他想回话，
又吞了转去，因为他生怕
说出实情时候会教金翁
当着众人又受一番笑骂。

不比乡下，这是县城当中。

人多，他们看见闹闹哄哄

一群乞丐，便也跟着来到

金家门口，挤得车马不通——

他们里面有些是瞧热闹，

瞧到高兴时便哈哈大笑，

有些平日眼浅金家排场，

如今幸灾乐祸，只闻讥诮——

这时乞丐中有一人上堂，

手里拿着虱子说是山羊，

又白又肥，可以敬宾下酒；

听到这里，如同丑角登场，

门口大笑起来，连他学友

都像忍不住了，忙去掩口……

他的丈人羞得脸上通红，

睁大一双眼睛，抬起右手，

要去打花子，被老弟当锋

隔住。他们兄弟便在堂中

打起架来。他见同学不动，

只在一旁观望，他怕岳翁

受伤，忙上去解围，哪中用——……

幸亏有老成的人从看众

里边走上前把两个分开，

说些好话，平了这场争论，
花子打发出门，酒席重排，
他们陪着，一同饮酒开怀——
他自己是滴酒不能下肚，
心里翻着，呕又呕不出来。
事情都过去了，何必再苦
苦去追想……不然，这次粗鲁
一开端，将来别的，更可羞，
更可气，他看着无从拦阻，
会跟了来。不过今天大丢
脸面他拦住了吗……他把头
在枕上翻过，又瞧着帐外
那灯光，瞧它像一滴桐油
尽悬在空中。他有点奇怪：
这是因为当初不比现在，
当初一上床就吹熄了灯，
偶然半夜醒来，模糊一块
眼中都是漆黑……

八百罗汉（未完稿）

善男信女不再磕头烧香，

都学时髦进了天主教堂。

素鸡素鹅不见供上神案，

这可慌了八百肥胖罗汉。

他们平日只知坐享乾薪，

一切苦差皆让土地担承。

高兴之时听听签响堂下，

富求子嗣贫求财宝入卦；

回家以后他们或买彩票，

或买窑子——终于再来佛庙，

哪知清福享了三四千年，

养得肚脐如有胎在中间，

却被西天来了无父之子，

赶去羔羊不留一条在此。

凡人辟谷虽可得道入圣，

神仙辟谷那就不堪过问!
他们想用武,但庚子之乱,
告诉他们神符不能应战。
枪炮只有上天去求玉皇,
差使者去耶和华处婉商。
尊重神权莫作宗教侵略,
随了商侩军士来此为虐。
攻异端时大家义愤填膺,
问到谁上天呢却无人声。
不说天上道路危险极多,
天狗天狼以及汹涌银河。
万一遭遇飞机不能脱逃,
或被高射炮弹击落云霄,
岂不负了上天好生之德?
所以八百面上皆有难色!
还有四眼罗汉最后开言,
四金刚内一位手执钢鞭,
同了布袋和尚他们两个,
一文 一武不怕强暴饥饿。
满可将这事件奏上天庭,
大家闻言都夸见地高明。
金刚闻言大喜,他举钢鞭,
试试他的武艺可像从前。

不料哎唷一声是他的同伴，

肩头中了钢鞭，痛得高唤。

金刚赶快收鞭赔罪不迭，

道是骤闻消息，心中大悦。

庙中听了十年晨钟暮鼓，

钢鞭无处能用闷得真苦。

如今重今宇宙之内翱翔，

到金楼银殿去膜拜天皇。

到旧日的弟兄教场跑马，

托塔天王红孩儿与哪吒。

齐天大圣吹毫毛变化身，

猪八戒摇耳朵，晦气沙僧，

这回重去西天路途之上，

定有男妖女怪深洞黑浪，

那时我的钢鞭便将立功。

说得高兴，举鞭又舞空中！

布袋和尚眼快，连忙退后，

说道还好，这次头颅得救。

朱湘年谱

1904年，一岁，生于湖南省沅陵县，字子沅。祖籍安徽省太湖县。

父亲朱延熙，清朝翰林，曾任江西学台，生五男七女，朱湘最幼。

1907年，三岁，丧母。

1910年，六岁，在一所私塾接受启蒙教育。

1913年，九岁，开始作文。

1914年，十岁，父病故。

1915年，十一岁，考入江苏省立第四师范学校附属小学读高小。

1917年，十三岁，就读于南京工业学校预科，学习过英文，并大量阅读《新青年》，受到深刻影响，声称：这场争论把他"完全赢到新文学这方面来了"。

1919年，十五岁，五四运动爆发。朱湘考入北平清华留美预备学校。

1921年，十七岁，加入"清华文学社"，与闻一多、梁实秋交往，开始了新诗写作。

1922年，十八岁，发表第一篇诗作：《废园》。

1923年，十九岁，与诗人饶孟侃（子离）、杨世恩（子惠）、孙大雨（子潜）多有交往，被称为"清华四子"。

在清华，专攻文学，不愿上那些乏味的必修课，旷课较多，被学校记满了三次大过而开除学籍，冬，离开清华。

1924年，二十岁，在南京与刘霓君女士结婚。婚后不久，移住上海宝山里。加入文学研究会，在《小说月报》发表诗歌《春雪后的早晨》《北地早春雨霁》《秋》《雨》等作品

1925年，二十一岁，长子小源出世，定名海士，字伯智。

夏天，回到北平，在适存中学任教，与饶孟侃、孙大雨、杨子惠同住在西单梯子胡同的两间屋子里，第天写诗、作文。

第一本诗集《夏天》，由商务印书馆作为"文学研究会丛书"出版。

二月二日，作诗《葬我》。

四月一日，因哀悼孙中山先生逝世写了《哭孙中山》这首著名的悼诗。

五月作诗《有忆》《答梦》。

六月五日——八日，作著名长诗《狸语》。

八月作诗《有一座坟墓》《歌》《热情》。

十月二十四日，作《采莲曲》。

十二月二十一日，作诗《月游》。

此外，还写了文学论文《评徐君志摩的诗》《批评家李笠翁》，杂文《打弹子》，并翻译了弗尔基洛、济慈、加涅忑等人的小说和诗歌。

1926年，二十二岁，女儿小东出世，名雪，字燕支。为获得出国机会，在孙大雨、罗念生等人帮助下，结束了两年半的"浪游"，再度回到清华园。

四月一日，徐志摩、闻一多、刘梦苇和饶孟侃等人创办的《晨报·诗刊》问世。诗人在《晨报·诗刊》上发表了文章《新诗评》《我们的读书会》，及诗作《采莲曲》等。

四月二十二日，由于不满徐志摩的油滑和生活作风，发表《朱湘启事》，宣布退出《晨报·诗刊》。

一月——二月，创作了著名长篇叙事诗《王娇》以及《摇篮歌》《残灰》。

四月作诗《还乡》《梦》。

五月三十一日，作诗《残余》。

六月十日，作诗《棹歌》。

八月作诗《哭城》与《死之胜利——为杨子惠所作》。

九月九日，因诗人刘梦苇肺病吐血身亡而作诗《悲梦苇》。

十月二十一日，作诗《呼》。

十二月二十七日，作诗《Gautjer》。

1927年七月，二十三岁。在清华大学毕业。由北平至上海。

九月，赴美国留学，先在威斯康星州劳伦斯大学插入四年级，攻读拉丁文、法文、古英文及英国文学等课程。在劳校的几个月里，译成了四首英国十九世纪时有名的长篇叙事诗。由于愤恨外国人对中国人的侮辱，几个月后，离开了劳伦斯大学。十二月底，转学到芝加哥大学，学习英文和古希腊文等课程。

诗人的第二部诗集《草莽集》由开明书店出版。

这一年创作的诗歌有：《星文》《我的诗》《戊卒》《燕子》《慰元度》等。

1928年，二十四岁，在芝加哥大学，诗人用了大量时间从事翻译，也写了不少英文诗。

1929年，二十五岁，在芝加哥大学，因一名教授疑心他没有把借用的书归还，不堪侮辱，愤而转学到俄亥俄大学。

九月十一日，乘船离开美国。

1930年，二十六岁，到达上海，后在安徽大学任文学院教授、外国语文学系主任、图书管理委员会委员。

在安大，诗人的教学颇受欢迎。曾积极支持过学生

的文艺团体《晓风社》，也创作了一些诗作，其中有写当年安庆风土人情的《一个省城》。

1931年，二十七岁，暑假，到上海约赵景深到安大任教。赵景深由于北新书局坚留，未能成行。

1932年，二十八岁，五月，又到上海，约赵景深、戴望舒、方光焘到安大任教。但安大当局只聘请朱湘一人，不另聘他人。

暑假，安徽大学改组，诗人被解聘。

《雨》、《围兜儿》等诗是这一时期的作品。

1933年，二十九岁，辗转飘泊于北平、天津、上海、杭州等地，卖文糊口，生活十分艰难。

这段时间，诗人写了《秋》《收魂》等诗。

还写了文学论文《文学闲散》、散文《徒步旅行者》、自传《我的新文学生活》等。

七月一日，由傅东华、郑振铎主编的《文学》创刊。应茅盾等人的约稿，诗人在创刊号上发表诗《冬》等作品。

十月发表了长诗《庄周之一晚》。

十一月一日，发表随笔《说作文》。

十二月五日晨六时，朱湘在由上海开往南京的"吉和轮"上，投江自杀，年仅二十九岁。朱湘身后萧条，除了留下妻子刘霓君和一子一女外，别无他物。